당신은 지금
여행의 조각들을 모아
하나의 인생을 완성해가는 중

이병율

사랑이 있어서 나는 글 일을 하고
사랑이 있어서 나는 갈 길을 간다

내 옆에 있는 사람

낯설고 외롭고 서툰 길에서
사람으로 대우받는 것,

그래서 더 사람다워지는 것,
그게 여행이라서.

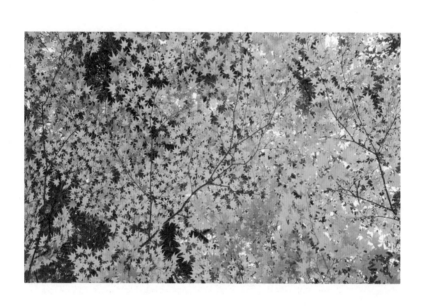

조금씩
다르지만

그것이
크게 다른 날들

뮤지컬 공연을 보러 갔다. 공연이 끝나고 여주인공과 자리를 하게 되어 평소 궁금했던 것을 물었다.

"더블캐스팅이면 어떤 날은 A랑 또 어떤 날은 B하고 공연을 하겠어요. 오늘은 B랑 하는 공연이었는데 무대에서 A와 B는 조금 다르겠죠?"

그녀가 대답했다.

"많이 달라요. 오늘 저랑 같이 연기한 B는 공연 때마다 나와의 간격도 다르고 대사의 쉼표도 다르고 나하고 눈 맞추는 타이밍도 조금씩 달라요. 한 번도 같은 적이 없었어요."

"그럼 A는요?"

"한 번도 달리 한 적이 없달까요. 동선과 타이밍 등등 정해진 대로만 해요. 그래서 아주 가끔 힘들어요. 어떤 면에서는 나까지 기계적으로 맞춰줘야 하니까요. 관객은 전혀 모르는 부분이겠지만 내가 감정에 빠져 있거나 할 땐 그날그날 흐름에 따라 조금 다르게도 하고 싶은데 A는 자기 할 걸 하고 다음으로 넘어가길 기다리고 있죠. 어떤 면에서는 제가 몰입할 틈을 주지 않는다고 할까요."

A는 자기 할 것만 하는 사람이지만 B는 자기 자신은 물론이려니와 같이 공연하는 배우에게도 집중을 하는 사람일 것 같았다.

나는 A인가 아니면 B인가를 고민하다가 그런 상상을 했다.

공연이 끝난 후 어떤 날 우연히 어디선가 그들을 마주쳤다. A의 경우 "잘 지내지요?"라고 물으며 스칠 것 같지만 B의 경우엔 "지금 바빠요? 어디 들어가서 우리 잠깐 뭣 좀 마셔요" 할 것 같은. 그러면서 밀린 이야기들을, 어쩌면 속에 있는 이야기들을 슬쩍 털어놓게도 되는.

오늘 나는 어떤 누구와 공연하는 날인가.

나하고 잘 맞는, 내 맘을 알아주는 사람과 무대에 서는 날인가.

인생에
곁돌지
않겠다는
다짐은

눈빛을
살아 있게
한다

무구한 눈빛은 사람을 사로잡는다. 그 눈빛과 마주하는 순간 살고 싶
어서 일순간 발바닥에 힘이 들어가기도 한다. 그 눈빛이 내가 잃은 지
오래된 것이기도 하고 그 눈빛으로 내가 씻겨지는 기분마저 들기도 해
서 마치 좋은 바람 앞에 서 있는 것만 같은 것이다.
커피를 맛있게 내리는 사람은 커피콩을 갈고 뜨거운 물로 커피를 내
리는 동안 그 옆을 떠나지 않는다. 좋은 눈빛으로 주시하고 집중한다.
그런 사람이 내주는 커피는 이미 마시기도 전에 맛있다는 생각을 머
릿속 가득 채워준다. 어떻게 보면 그 좋은 눈빛이 커피에 닿아서일 거

라고 생각하는지도 모른다, 우리는.

음식도 그렇고 일도 그렇고, 좋은 눈빛을 가진 사람은 잘되게 되어 있다. 잘하겠다는 그 마음이 눈빛으로 옮겨가면서 마침내 좋을 수밖에 없는 결과에 힘이 실리는 것이다. 눈빛은 그 사람을 가장 절묘하게 드러내주는 설명서이자 안내서 같다.

그 반대의 검은 눈빛도 있다. 생기를 거부한 듯한, 검은 것으로도 모자라 좀처럼 상대의 눈과 마주치지 않으려는 눈빛. 쓰임새를 만나지 못해 열의를 드러내지 않는, 자신감도 그 어떤 선명함조차도 담고 있지 않은 죽은 눈빛 앞에 시간을 할애하고 싶지 않아서 얼른 자리를 마치고 싶은 눈빛.

세상은 좋은 눈빛들마저 거두어갔다. 생생한 눈빛들을 끌어다 어딘가에 슬쩍 묻어버린 것은 우리들의 피로감이며 속도며 물질이 시킨 일이다. 세상은 불가능한 것들을 눈빛으로 맞서봐야 헛일이라고 눈조차 뜨지 말 것을 요구했다. 그럼에도 불구하고 사람의 눈빛이 도태 대상이었던 적은 한 번도 없었으며 영원히 그럴 것이다.

내가 눈빛에 치중하는 이유는 눈빛에서 사람됨을 발라내기 위해서고 또 그 눈빛에 푹 젖어들기 위해서다. 무언가에 마음을 사로잡히고 싶을 땐 마땅한 눈빛을 찾는다. 눈빛만으로 에너지를 전해 받는 일이나 곧 좋은 일이 일어날 것 같은 예감을 받는 일. 우리 지리한 삶은 그 눈빛 앞에서 한 걸음 진보한다. 손닿을 수 없는 거리까지도, 손을 쓸 수 없는 복잡다단한 일의 회오리를 뚫고도 눈빛은 가닿는다.

남의 일에 관심 많고, 남의 시선에 흔들리고, 자신이 아닌 남을 살아가는 먼지 앉은 눈빛으로는 세상의 절박한 그 무엇에도 말을 걸 수가 없다. 우리가 자기를 들여다보지 않아서 우리 눈빛을 잃은 것처럼, 이 세상이 이토록 불안한 구조로 가는 것은 우리가 그토록 서로의 삶을 훼손했기 때문이다.

좋은 눈빛에 흔들렸으면 한다. 그것이 살아가는 것이다. 쉬지 않는 눈빛과 마주쳤으면 한다. 그것이 다행한 일이다.

플랫폼에 서서 왠지 모를 두근거림으로 기차를 기다릴 때의 눈빛, 한 번 마주쳤던 것으로 충분히 남아 있는 눈빛, 어느 한 사람에게 해주고 싶은 것들과 같이 하고 싶은 것들을 적어나갈 때의 그 눈빛, 호젓한 밤 산마을에서 나뭇잎을 흔들며 마음을 휘젓고 가는 바람 소리 같은 눈빛, 아무한테도 알리면 안 될 것 같은 사랑을 혼자 품기 시작하면서의 눈빛.

아무 생각도 들지 않게 하는 그 좋은 눈빛을 한없이 쳐다보고 바라보다가 그 눈빛이 나에게 좋은 신호를 보내오면 나도 그 눈빛에게 팔을 두르고 오래 같이 가자 할 것이다. 사랑해도 되냐고 말할 것이다.

내가 나에게 도달하는 순간, 눈빛은 살아나게 된다. 자신의 인생에 겉돌지 않겠다는 다짐은 눈빛을 살아나게 하니까. 생의 애착을 담은 눈빛은 명료한 빛과도 같아서 절망 속에서도 우리를 연명하게 한다. 눈에 낀 뭔가를 거둬내고 이제는 눈빛을 바꿔야겠는데, 눈빛은 유리창도 아니고 자동차 바퀴도 아니며 더더군다나 시들면 뽑아버리면 그만인 꽃도 아니니 이것참 큰일이다.

다시는
이런 시간이

오지
않을 것
같아서요

시를 쓰고 싶어하는 마음을 가진 사람은 이미 시인 이상의 자격을
가졌다. 시를 쓰며 사는 나 같은 사람보다도 그들의 존재와 설렘이 시
를 더 빛나게 한다는 건 두말할 나위도 없다. 시를 아끼는 사람에 의
해서, 시를 귀하게 여기는 시대의 마음 안에서 시는 탄생하고 울림을
갖는다.

하룻밤을 자고 오는 시 캠프엘 다녀왔다. 계룡산이었다. 일정 중에 한
편의 시를 쓰는 일도 중요하지만 그보다 내가 더 함께 해보고 싶은 것
은 두 가지였다. 깊은 밤, 캠프파이어 앞에서 서로의 이야기들을 듣는

것. 다음날 아침에는 계곡에 앉아 물소리를 배경음악으로 각자 좋아
하는 시 한 편씩을 낭송하게 하는 것. 물과 불 앞에 있으면 누구나 마
음이 열리고 부드러워지면서 시심(詩心) 비슷한 기류가 흐르게 될 테
니까. 할말 같은 것들이 생기기도 하니까.

뭔가를 시작할 때는 쑥스러운 듯했지만 모든 순서에 자신의 색을 담
아냈고, 모두가 아름다운 세상을 이야기했으며, 다른 사람의 '시선'과
'다름'에 귀를 기울였다. 부끄러움이 많은 사람은 용기 있는 사람이 덮
어주고, 어려서 여린 사람은 나이가 지긋한 사람이 끌어주고, 할 이야
기가 많은 사람은 할 이야기가 없는 사람들이 에워싸고 있었다.

모닥불을 피우는 밤은 넘치도록 좋았다. 그리고 다음날 아침. 계곡에
앉아 각자 좋아하는 시 한 편을 낭송하는 시간이었다. 한 사람이 시
낭송을 마치고 울컥하였다. 나중에 왜 울컥했어요? 라고 물으니 그가
말했다. 다시는 이런 시간이 오지 않을 것 같아서요.

다시는 오지 않을 시간.
다시는.

이것이 시의 힘이 아닌가 하는 생각이 들면서도 나는 얼른 감동하는
마음을 숨겼다. 시를 쓸 때면 우리 몸안에 어떤 물질이 생겨서 그게
개울처럼 흐른다. 결국은 그것이 시를 쓰게 하고, 막막함을 걷어내게
하고 시를 이어가게 한다.

덜 시적인 것과 충분히 시적인 것을 구분하게 되기를 바랐고, 시가 산
문하고 어떻게 얼마나 다른가 알게 되기를 바랐다. 그리고 우리가 한

편의 시를, 한 명의 좋아하는 시인을 가슴 안에 키울 때 얼마나 '사람 냄새 나는 사람'일 수 있는지 절감하게 되기를 바랐다.

섬 하나를 목표로 해서 팔을 저어 앞으로 나가보는 것. 도착지점을 생각하고 숨을 고르는 것. 그러다 날개를 달고 높은 곳으로 날아올라 문득 외로워지는 것. 그것이 시의 길일지도 모른다고 돌아오는 길에 생각했나.

나에게만 절절한 여행이었을까.

우리는
새 별자리를
만들기 위해

별을
모으고
있는 중

내가 시인이 될 수 있었던 건 서울로 입성했기에 가능했을 거라는 생각이 든다. 장남인 나를 서울대학교 법대에 진학시키겠다는 작전을 펼친 아버지의 꿈이 우리 가족이 서울로 이주를 했던 결정적인 이유였으므로. 그때 나는 겨우 다섯 살이었다.

산골 출신인 촌사람의 서울살이는 쉽지 않았던 것 같다. 그것도 다섯 살인 나를 중심으로 위로 누이 둘과 아래로 남동생까지 있었으니 그리 많지 않은 기억만으로도 그때의 삶은 참 쉽지 않았다. 그런 가운데 나는 서울에 살면서도 방학이면 시골에 살았다. 부모의 사랑을 많이 받지 못하는 사이에 할머니 할아버지의 품을 그리워하고 욕망했다.

조금 정신을 차려 소년이 된 나에게 서울은 용광로 같다가도 늪지대 같았다. 놀이터 같다가도 가시밭길 같았으며 오르막길인 듯 하다가도 이내 절벽이었다. 그 서울의 음과 양이 나를 시인으로 만든 것은 아닌가 하고 나는 가끔 생각한다. 도시와 산골의 강한 콘트라스트가 나에게 빨랫방망이 역할을 해주었던 것이다.

아버지는 혼자 공부한 실력으로 온가족 신생아들의 이름을 지었다. 사돈의 팔촌 이름까지 짓는 꽤 인정받는 작명가였지만 그게 업은 아니었다. 그러던 터에 아들이 태어났으니 얼마나 이름을 잘 짓고 싶었을까.

나의 이름의 끝 자인 '률'은 아버지의 숙원이 담겨 법률의 률이다. 첫번째 뜻은 딱딱하게도 그렇지만 두번째 뜻은 운율을, 세번째 뜻은 시(詩)를 담고 있다. 결과는 의도를 비껴갔지만 아버지의 욕망대로 아들의 운명을 자신이 지은 이름 안에 가둔 셈이 되었다.

지난가을이 시작되는 날, 옥출 선생님으로부터 문자가 왔다. 옥출 선생님은 서울 계성고등학교의 국어교사. 처음 그를 만난 건 자신이 몸담고 있는 고등학교에 강의를 해달라는 부탁 때문이었는데 누구누구를 통한 조심스러운 부탁이었기에 기억에 남는 인연이 되었다. 지난 초겨울에도 나에게 강의를 청했다. 매번 부탁하는 입장이라며 이번에도 문자메시지의 목소리가 작아도 너무 작았다. 하지만 신바람은 숨기지 않았다.

이번에도 느낀 사실이지만 옥출 선생님은 다른 선생님하고 많이 다르다. 우선 학생들을 좋아해도 너무 좋아한다. 마치 연애를 하고 있는 사람 같다. 헤어스타일도 살짝 특이한데 현실에서 많이 볼 수 있는 그런 선생님의 캐릭터가 아니라 나사 하나쯤 헐거워진 사람한테서 느낄 수 있는 특유의 분위기가 있다. 마치 꼭 고등학교 문학반의 반장 같다고나 할까. 만화 캐릭터에 가까운 인상이라고 하면 옥출 선생님이 서운해하실까.

늦가을이 막 접어들어 어쩌면 겨울이 막 덮칠지도 모를 것 같았던 그날, 옥출 선생님은 아이들과 함께 책을 읽다가 도서관에서 나를 맞이했다. 옥출 선생님이 사회를 봤는데 그 진행이 섬세해서 또 놀라고 말았다. 책 한 권을 다 읽고 참석한 아이들에게 질문할 시간을 주었다. 아이들이 몸과 말투를 꼬아가면서 조심스레 말을 걸어왔다. 내가 맘껏 누리지 못한 시절이 환하게 떠오르는 동시에 내 책의 글자 하나하나를 아껴 읽은 아이들의 초롱초롱한 마음결이 느껴져 나는 그만 왈칵 눈물을 터뜨릴 뻔도 했다. 다행히 아무도 몰랐다.

지수, 명아, 여원 같은 학생들이 써서 건넨 손편지를 받아 전철에 앉아 읽으면서 서울 하늘에 뜬 별들에 대해 잠시 생각했다. 서울이 너무 밝아서 보이지 않는 별들의 존재가 사실은 모두 그들이었음을 알고 또 알았다.

나는 옥출 선생님 같은 사람이 서울에 많이 살았으면 좋겠다. 옥출 선생님은 자신이 사랑하는 아이들이 책을 통해 진정한 성장을 했으면 하고 바라고 또 바라니까. 서울이 나를 시인으로 만들었듯이 옥출 선생님의 은근한 불꽃이 아이들을 곱고도 단단하게 구워내고 있다는 기분이 드니까. 나도 소년기에 몇몇 선생님을 만난 덕분에 꿈을 잃지 않는 청년으로 성장할 수 있었다. 그러니 우리나라에 사랑이 많은 국어 선생님이 더더더 많았으면 좋겠고 그들과 함께 같은 시대를 여행하는 기분에 빠져 흠뻑 살고 싶다.

한 달에 두어 번 가는 동네 미용실에서 나는 가끔 이란성 쌍둥이 아이가 써낸 시들을 읽는다. 어린 초등학생들이 시를 쓰기 시작한 건 미용실 주인인 엄마가 책을 좋아하기 때문일 것이다. 사람이 사람을 키우는 건 마음이 마음으로 힘을 전달시키는 일이다. 늦은 밤까지 여인이 미용실 문을 열어놓고 손님이 없는 시간에 하는 일은 동네 도서관에서 빌린 책들을 읽는 일인데 그렇게 책으로 고와진 마음의 광채가 쌍둥이 아이들에게 고루 비치고 있는 것. 아이들은 엄마가 화분에서 기르는 토마토에 대해서도 쓰고, 치과 의사선생님의 흰 수염에 대해서도 쓴다. "아이들이 어떻게 하면 시를 잘 쓸 수 있어요?"라고 묻지만 그것만으로도 충분히 넘치는 아이들의 세계는 흰 도화지 위에서 빛난다.

"아이들이 나중에 커서 시인이 된다고 하면 어쩌지요?"

여인이 그렇게 되기를 바라는 마음을 내비치며 나에게 묻는다.

"뭘 어떡해요? 지팡이를 짚고 동네 산책을 하는 나의 후배가 되는 거지요."

아마도 그 쌍둥이는 자라서 시인이 되어 나를 찾아와 나에게 줄을 긋고 지수, 명아, 여원에게까지 줄을 이어 하나의 별자리로 탄생할 것이다. 이 지구 별을 아주 오래, 건강히 비추는 단단한 별자리의 별로 빛날 것이다.

생각하는 것만으로도 벅차오르는 그 새 별자리의 이름은 무엇으로 지으면 좋을까.

슬쩍슬쩍

그래도
된다면

한때는 책을 버리지 못하는 사람이었다. 하지만 어떤 식으로든 정리하
지 않으면, 몇 년에 한 번씩 해야 하는 이사가 집을 옮겨가는 일이 아
니라 책을 옮겨가는 일이 돼버리곤 해서 언제부터는 단념하기 시작했
다. 몇 권의 책을 들고 카페에 가서 읽다가 모두 그곳에 두고 오는 일
도, 아는 친구가 운영하는 카페에 몇 달에 한 번씩 책을 부리는 일도
필요했다.

문제랄 것까지는 아니지만 그래도 문제는 며칠에 한 번꼴로 도착하는
문학잡지였다. 꼼꼼히 보기도 하고 들춰보기도 하는 문학잡지들을 분

리수거하자니 당연히 아까운 마음이 들었다.

내가 사는 동네의 전철역이 제격이다 싶었다. 동네 전철역 역사의 작은 공간에는 시화(詩畵)들도 걸어놓고 커다란 책장도 놓여 있고 하니 이 아까운 문학잡지들을 그곳으로 보내보자는 마음이 들었다. 물론 눈치가 보이기도 했다. 누군가 모르는 사람이 낯선 책을 꽂아둔다면 책장을 관리하는 사람 입장에서는 마음에 안 들 수도 있을 것이고, 게다가 내 책들의 가치를 가벼이 여길 수도 있는 사람이라면 언젠가 책장 앞에 나타나기를 감시하고 있다가 내게 험한 소리를 할 수도 있을 거란 생각도 들었다.

내 맘대로, 전철을 타러 가는 길에 잡지와 책들을 역사의 책장에 꽂는 일을 시작했다. 처음엔 눈치도 보였으나 곧 익숙해지면서 늘상 개찰구를 지나며 요금을 지불하는 일처럼이나 자연스러운 일이 되었다. 그러던 어느 날, 책장에 포스트잇 한 장이 붙어 있는 게 보였다. 나는 거기에 쓰인 굵은 글씨를 차근차근 읽어나갔다.

   슬쩍슬쩍 책을 가져다놓으시는 분, 고맙습니다. 역장 올림.

아무도 모르게 하는 일이라 믿으며 하고 있는 일이 하나도 그렇지 않은 일이 되었다는 사실도, 또 누군가 내 행동에 관심을 보이고 있다는 사실도 뜨끔했다. 어쩌면 역사에 설치된 방범용 카메라에 책을 꽂아두고 가는 내 모습이 하나하나 기록되어 있고, 역에서 일하는 누군가가 기록을 일일이 뒤져 그 모습을 더듬어봤을지도 모른다 생각하니 후끈 목덜미가 더워졌다.

나는 그 일을 아직까지는 계속하고 있으며, 언제까지가 될지 모르지만 내가 이 동네에 사는 동안 책 꽂는 사람이 될 것이다.

나는 그 책장 주변에서 더 많은 일들이 일어나기를 기대한다. 책을 읽는 사람들을 더 많이 볼 수 있기를, 누군가 나처럼 책을 가져다 꽂아두기를, 나 같은 사람이 편하게 책장 앞에 슬며시 앉아 시 몇 줄을 쓰고 지나갈 수 있기를, 그리고 마치 기적처럼 그 자리에 새 책장 하나가 더 들어와주기를.

행복한
사람은

산에 오른다

혼자 고요히 산을 올랐다가 고요히 산을 내려오는 사람. 그들은 그렇게 혼자라 보기 좋다. 나 또한 가끔은 혼자 산에 오른다. 사람들과 산에 오를 경우는 이야기를 많이 해야 하거나 음식을 지나치게 많이 먹거나 어김없이 술을 마셔야 해서 번거롭지만 혼자서는 자유로울 수 있기 때문이다. 혼자 오르는 산과 남들과 같이 오르는 산은 그런 면에서 분명히 다르다.

두 사람이 고요히 산을 올랐다가 고요히 산을 내려오는 모습도 가만히 보기 좋을 때가 있다. 산에 익숙하지 않은 연인끼리 오르는 모습에서도, 부부가 낮은 목소리로 서로를 격려하면서 산에 오르는 모습에서도 어떤 숭고함마저 느껴지는 건 나무숲길을 걷는 사람의 뒷모습이 언제 봐도 뭉클해서다.

또 어린 아들과 아버지가 산에 오르는 모습도 보기 좋아서 자꾸 훔쳐 보게 된다. 일요일이면 아들과 아버지가 어울려 목욕탕엘 갔던 시대가 있었던 것처럼 아이는 아버지와 산에 올랐던 순간을 오래 기억할 것이고 세상에서 중요한 몇 가지를 산길에서 획득할 것이다.

인생에는 여러 길이 있지만 산의 길은 성실한 길이다. 어떤 산길이라도 가볍거나 호락호락한 길은 없으며, 아무런 느낌을 주지 않는 무색무취의 길 또한 존재하지 않는다. 산에서 내려왔는데도 맨송맨송한 상태에 있거나 그 상태로 세상 먼지에 휩쓸려버린다면 그 사람은 산에 다녀온 것이 아니라 딴 데 다녀온 것일 것이다.

산은 어렵다. 쉬운 것에 가닿으려면 산은 아니다. 쉬운 인생을 살려는 사람에게 산은 아니다. 이 말은 비유가 아니다. 우리가 산에 가는 이유는 그곳에 쉽지 않은 것이 있기 때문인지도 모른다. 그 쉽지 않은 것이 우리를 달라지게 할 것이라 믿기 때문에 우리는 산에 오르는지도 모른다. 이 추측은 작게나마 진실이다.

어느 날 산에 올랐다. 시간이 느지막해서 저녁노을을 보고 내려오는 코스로 접어들었다. 노을은 내가 자주 보아왔던 대로 그렇고 그런, 하지만 굉장히 명료한 노을이었다. 노을을 뒤로하고 내려오는데 얼마 되지 않아 산을 오르는 모녀와 마주쳤다. 그냥 지나치려는 순간, 엄마로 보이는 여인이 앞을 보지 못한다는 사실을 알았다. 부축을 받은 채로

높은 그곳까지 오르기엔 여러 어려움이 있을 것 같아 보였다.

딸은 조금만 더 가면 된다고 말하고 있었고 어머니는 자신의 더딘 걸음 때문에 딸까지 노을을 보지 못할까 조바심을 내고 있었다.

"조금만 더 올라가면 볼 수 있어, 엄마."

딸이 말하자 어머니가 말했다.

"아냐. 나 때문에 노을을 못 보면 어떡하지?"

정상적인 속도로 오른다고 해도 앞을 볼 수 없는 사람이 볼 수 있는 건 어둠뿐일 것이 당연했다. 왜 저 상태로 산을 오르려 한 것일까. 두 사람은 무슨 이야기를 품고 있는 것일까. 그 모녀를 더 지나칠 수 없는 것은 딸이 계속해서 거짓을 말하고 있다는 사실 때문이었다. 엄마의 더딘 걸음 때문에 해 지는 풍경은 이미 볼 수 없는데도 딸은 엄마에게 아직 시간이 충분하다고 말하고 있었다. 왜 그래야만 했을까.

나는 엉거주춤 서서 두 사람을 도와줄 방법을 찾았지만 별수 없었다. 그냥 모른 척 이렇게 말하는 것밖에는.

"그럼요. 조금만 더 올라가면 굉장한 노을을 볼 수 있고말고요."

앞을 못 보는 엄마에게 노을의 아름다움을 보여주고 싶어한 거라고 생각하기로 했다. 그 굉장한 아름다움 앞에 서 있게 해드리고 싶어한 거라 생각하기로 했다. 그것이 두 사람만의 의식이었을 수도, 약속이나 소원 같은 것일 수도 있을 거였다.

산에서 내려오는 길에 발에 힘이 동나고 있었다. 노을을 보러 산에 오르는 두 사람을 본 것뿐인데 나는 자꾸만 뒤에 두고 온 두 사람을 생각하고 생각하느라 힘이 다 빠지고 있었다. 한순간 나를 마비시킨 그 엄청난 토막의 장면은 몇 달을 베어먹어도 넉넉한 식량이 되었다.

사랑이
여행이랑　　　　닮은 것은

사랑이 여행이랑 닮은 것은 꼭 이십대에 첫 단추를 끼워야 한다는 점
이다. 이십대에 사랑을 해보지 않으면 골조가 약한 상태에서 집을 짓
는 것처럼 불안한 그 이후를 보내게 될 것이며 살면서 안개를 맞닥뜨
리는 일이 잦게 된다. 여행도 마찬가지. 이십대에 혼자 여행을 해보지
않는다면 삼십대에는 자주 허물어질 것이다.

그리고 또 닮은 것은, 사랑도 여행도 하고 나면 서투르게나마 내가 누
구인지 보인다는 것이다.

한번 빠지게 되면 중독처럼 헤어나오지 못하는 것도 닮았다.

또 사랑을 하거나 여행을 하게 되면 나도 모르게 많은 사진을 찍고 있는 자신을 발견하게 된다. 소중한 것을 남기고 간직하고 싶어하는 자연스런 욕구가 그 무엇으로 대체될 수 없듯 사랑의 대상과 사랑의 순간을 찍는 일이나 여행지에서 만나는 사람들과 순간순간들을 담는 일, 그 둘은 차곡차곡 쌓여간다.

행복에 대한 기준이 높아지며 그 욕구 또한 강렬해지는 것, 그 또한 사랑이 여행이랑 닮은 점이다. 그리고 왜 물질적으로 또 정신적으로 풍요로워져야 하는지를 절실히 느끼게 해준다.

사랑과 여행이 닮은 또하나는 사랑이 끝나고 나면 여행이 끝나고 나면 다음번엔 정말 제대로 잘하고 싶어진다는 것. 그것이다.

사랑은

그런

　　　것

홀로 잠들어 있는 나를 덮어주던 그림자가 가만히 그림자 하나를 데리고 와서 옆에 누인 다음 그 둘을 혼곤히 잠들게 하는 것은 사랑이 하는 일이 아니고 무엇인가.

문득 길을 가다 만나는 찐빵 가게에서 솥 바깥으로 치솟는 훈김 같은 것. 사랑은 그런 것. 호기롭게 사두었다가 오 년이 되어도 읽지 못하는 두꺼운 책의 무거운 내음 같은, 사랑은 그런 것. 여행지에서 마음에 들어 샀지만 여행을 끝내고 돌아와서는 입을 수 없는 옷의 문양 같은 것. 머쓱한 오해로 모든 것이 늦어버려 아물어지지 않는 상태인 것, 실은 미안하지만 동시에 누구의 잘못도 아닌 것. 돌의 입자처럼 촘촘하지만 실은 헐거운 망사에 불과한 것. 사랑은 그런 것. 백년 동안을 조금씩 닳고 살았던 돌이 한순간 벼락을 맞아 조각이 돼버리는 그런 것. 시들어버릴까 걱정하지만 시들기 시작하면서부터는 시들게 두는 것. 또 선거철에 거리의 공기와 소음만큼이나 어질어질한 것. 흙 위에 놀이를 하다 그려놓은 선들이 남아 있는 저녁의 나머지인 것.

두 사람을

거리에
남겨두고

그날도 강연을 마치고 사인을 하는 시간이 있었다. 책을 들고 선 학생들의 이름을 묻고 한마디 적어주면 되는 반복적인 시간이지만, 나는 그 시간을 좋아한다. 굳이 이유를 말하라면 그들의 눈빛을 통해 이러저러한 많은 것들을 얻어서가 맞다.

한 열 명쯤 되는 학생들이 사인을 받고 갔을까. 한 여학생이 내 앞에 서서 뭔가 주저하는 듯하더니 꺼낸 말이 이랬다.

"작가님, 저 오늘 술 사주시면 안 돼요?"

순간 내 얼굴이 빨개졌다. 그래도 된다면 그럴 수 있겠지만 처음 본 사

람과, 그것도 아름다운 여학생과 단둘이 술을 마시는 것은 무조건 좋아해야 할 일이 아닌, 그런 나이를 살고 있는 나였다. 내 의도와는 상관없이 주접스러운 사람으로 보일까봐 순간 자제심이 발동했다. 그럼에도 불구하고 나는 '네'라는 대답을 하고 말았다. 여학생은 사인하는 시간이 끝날 때까지 기다리겠다고 했다.

시간이 감에 따라 줄은 줄어들었지만 그럼에도 나는 계속해서 그 여학생이 신경쓰였다. 마침내 나는 거의 맨 마지막에 사인을 받는 남학생에게 구호 요청을 했다.

"혹시 오늘 약속 없으면 저녁 같이 할까요?"

남학생은 당황스러워했지만 나의 눈빛에 어떤 간절함이 묻어 있어서였을까. 그러겠다고 대답했다. 학교측 스태프들에게 인사를 건네고 여학생이 있는 쪽으로 남학생을 데려간 다음 셋이 같이 저녁이나 먹자고 했다. 여학생은 (혼자가 아니라는 사실에) 많이 놀라는 눈치였고 남학생은 (그 여학생을 어디서 봤던 것인지) 조금 불편해하는 것 같았다. 나도 낯을 가리는 사람이나 그쯤이야 하면서 택시를 잡아탔다. 내가 앞자리에 앉았고, 둘은 가까워지라는 의미로 뒷자리에 앉으라 했다. 벚꽃 가로수가 세 사람의 길을 호위하듯 북적거리며 들끓었다.

적당한 곳을 찾아 저녁식사를 대신할 만한 안주를 주문하고 술을 한 병 시켰다. 술을 몇 잔 마신 것 같은데도 두 사람은 어지간히 말이 없었다. 이럴 땐 내 쪽에서 말을 많이 하는 것이 그들이 편할 것 같아 되지도 않는 소리를 얼마간 떠들었던 것 같다.

두 사람은 삼학년과 사학년이었고 과가 달랐다. 직업관도 다르고 성격도 다른 것 같았다.

둘이 좀처럼 말을 섞지 않는 것도 그렇게나 둘이 달라서였을 거라는 생각이 들었다. 단지 그렇게만 생각했다. 분위기가 조금은 나아져야 할 시간이 지났는데도 곁도는 분위기를 어쩌지 못하고 내가 말했다.

"우리 언제 아홉산에 같이 갈까요? 5월이나 6월쯤 부산에 다시 올 일이 있는데, 어때요?"

여학생이 약간 높은 톤으로 대답했다.

"저는 갈 수 없어요."

분위기가 다시 남극이 되었다. 이번엔 남학생 쪽으로 시선을 옮겼는데 그때 남학생은 고개를 푹 숙이고 있었다. 숙인 채로 남학생이 힘겹게 말을 꺼냈다.

"저희 사실은……"

이때 여학생이 남학생의 말을 가로챘다.

"됐어. 말하지 마."

아, 나는 놀랐다. 목뒤로 눈덩이가 차갑게 닿는 기분이 들었다. 이것은 무슨 일인가. 시간이 조금 흐르고 나는 더 놀랄 수밖에 없었다. 두 사람은 약 육 개월간 사귀었고 지금은 헤어진 상태라고 했다. 그런 상태가 힘든 여학생이 강의를 듣고 용기를 내어 나에게 술 한잔 사줄 수 있냐는 청을 해온 것이었고, 나는 둘만은 멋쩍을 것 같아 한 명을 보태자고 택한 것이 하필이면 그녀의 얼마 전 남자친구였던 것이다. 내가 술잔을 비우자 남학생이 비웠고 여학생도 따라 술잔을 비웠다.

정말 보고 싶지 않은 사이일 수도 있었을 텐데 두 사람에게 정말 미안하다는 생각이 들었다. 하지만 이런 장난 같은 확률도 드물 터이니. 이쯤까지 왔으면 두 사람은 분명 인연일 터이니.

"둘이 다시 만날 생각은 없어요?"

내가 두 사람한테 느끼고 있는 여운만큼이나 많이 사랑했을 수도, 그러니 다시 만날 수도 있지 않을까 싶어 한 말이었다. 물론 지금 당장 어떤 대답을 듣고 싶어서 한 말도 아니었다. 그 대답의 방향은 둘도 모르고, 어쩌면 신도 모르는 것일 수도 있을 테니.

술집 안을 살피니 대학가 앞이어서 그랬는지 청춘들이 삼삼오오 모여 앉아 모두들 즐거운 얼굴을 하고 있었다. 저들도 사랑하는 마음들이 불꽃처럼 한가운데 자리하고 있어서 저리도 아름다워 보이는 거겠지. 좋은 시간 안에 속해 있다는 사실을 절대 모를 두 사람. 아슬아슬한 사랑도 사랑인데, 사랑은 길이 많아서 그만큼을 헤매야 사랑일 텐데. 그것을 절대 모르고 있는 두 사람 앞에서 잠시 동안 아무것도 보이지 않는 상태를 경험했다. 무엇이 지나간 것일까. 뭔가 아픈 것이기도 했다. 잠시 후 제자리를 찾아 소음이 들려왔고 눈앞에 보이는 것들의 색깔도 원래대로 되돌아왔다. 나는 잠깐 동안 무엇을 삭제했던 것일까 돌이켜보다가 술집을 나와 실없이 그들에게 초여름에 다시 만나 아홉산에나 가자는 말을 한 번 더 하고는, 두 사람을 거리에 남겨두고 나 혼자 걸었다. 기묘한 밤이었다. 네온사인 불빛이 해 질 무렵 본 벚꽃들처럼 북적거리며 들끓었다.

그 밤 나는 마땅히 방향을 정하지 못하고 무작정 지하철에 몸을 실었다. 지하철이 어느 역에서 정차를 하길래 무심코 밖을 내다봤는데 역 이름이 '냉정'이었다. 그렇다면 냉정의 전 역은 '열정'이었을까.

가슴에
맺혀서

지키고픈
무엇을

가졌습니까

괴산의 한 작은 동네에 꽤 좋은 술집 하나가 있단다. 이 술집으로 말
할 것 같으면 작고 허름한데다 그날그날 되는 것은 되고, 안 되는 것
은 안 되는 역시나 동네의 그렇고 그런 술집이었던 것이다. 사람들은
오가면서도 들르고, 약속을 해서도 들르고, 그러다 누군가는 일찌감
치 잠자리에 들어서도 생각이 날라치면 그 늦은 시간 술집을 찾아와
문을 두드리는 그런 곳이었단다. 단골은 새 사람을 데려와 단골을 맺
어주고 새로운 단골은 오리지널 단골을 단골인지도 모르고 데려와
자기가 먼저 으스대며 다리를 놓기도 하는, 뭐 동네에 하나쯤 있을

법한 달달한 술집이었단다.

한데 그 술집의 여주인이 술집 문을 닫겠다고 벼락선언을 한 것이다. 여든이 훨씬 넘었다는 여주인은 이제 장사를 하기에는 몸구석에 힘이 하나도 남아 있질 않았고 이제는 사는 일이 아등바등한다고 되는 일이 아니란 걸 알았던 모양이다.

동네는 발칵 뒤집혔다. 갈 곳이 없어진 사람들과 친구들을 마주칠 자리가 없어진 사람들과 하다못해 혼자 늘어놓는 주정을 받아줄 대상을 잃은 사람들은 문을 닫아걸겠다는 술집을 향해 허망하게 입맛을 다실 일밖에는 남지 않게 된 것이다.

사람들은 그래도 술집이 문을 닫지 않을 것을, 그리고 앞으로는 헛소리 안 하고 조용히 고분고분 술만 마시겠노라 여주인에게 통사정을 해봤지만 여주인은 한번 뒤집은 마음을 다시 뒤집지는 않겠다고 의지를 명백히했다는 것이다. 마을에 큰일이 나도 이런 큰일은 한국전쟁 이후로 처음인 것이다.

술집을 잃은 사람들은 오갈 데 없는 마음을 주무르지도 펴지도 못하고 이참에 술을 끊어버릴까 어쩔까 하다가 하는 수 없이 술을 사 들고 그 집 앞 길바닥에라도 앉아 마시기 시작한 것이다. 행여 그 여주인의 마음이 허물어져 다시 술장사를 시작할지도 모를 거란 허튼 기대감으로 말이다. 굳게 걸어 잠근 술집 앞에는 허탈할 대로 허탈해 눈이 풀린 동네 술꾼들이 삼삼오오 모여들기 시작하였고 어떤 날은 그 수가 꽤 늘어나 아수라장을 방불케 하는 형국에 이르자 마침내 주인이 끼얹을 양으로 끓는 물 한 바가지를 퍼 들고 나왔겠다. 몇몇은 읍소하다시피 이 술집에 청춘을 다 바쳤다느니, 갖다 바친 돈이 집 한 채

값이라느니, 또 몇몇은 이 사람들을 살리고 봐야 할 것 아니냐며 공감 반 협박 반으로다 간청을 하였겠다. 그때 사내들을 보다 못한 여주인이 못 이기는 척 모로 서서 한마디를 날렸으니 바로 이것이렷다.

"나한테 안주 내오란 말만 안 하믄, 이 찬 땅바닥에서 술 마시는 건 내 허락할게."

그것만이라도 어딘가 싶어 사람들은 가슴을 쓸며 고개를 주억거렸고 아직까지도 사람들은 그 집 앞에서 몸부림만을 안주 삼아 술을 마신다는 전설 같은 전설이 전해져오는 것이다.

이 이야기를 듣는데 웃음이 난 것도 아니고 당장 그곳으로 달려가고픈 것도 아니고 그 차가운 땅바닥에서 마시는 술맛이 어떠한지 궁금한 것도 아니었다.

나에게는, 그럴 만한 그 무엇이 과연 있는가 하는 나직한 물음이 가슴께에 밀려왔다. 온 마음으로 지키고픈 무엇이, 몇몇 날을 길바닥에 누워서라도 안 되는 것은 왜 안 되는 것이냐고 울고불고 대들 그 무엇이 가슴 한쪽에 맺혀 있는 것인지. 있다면 그걸 지켜내는 데 까짓 두려울 일은 그 무엇일지 당장 알고만 싶어졌던 것이다.

거울을
봐도

먼지가

보이지
않는다

의정부로 향하는 전철 안이었다. 어느 역에 정차한 열차의 문이 열리
자 양쪽에서 따로 나타난 할머니 두 분이 내 정면에 나 있는 빈자리
를 향해 돌진했다. 한 사람만 앉을 수 있는 자리였다. 간발의 차이로
자리를 차지한 할머니는 득의양양한 표정에 턱을 싸늘히 모로 젖히고
는 숨을 고르고 있었다. 그때, 자리를 차지하지 못한 할머니가 허리를
굽히며 자리에 앉은 할머니에게 이렇게 말하는 소리를 들었다.
"미안합니다. 제가 자리에 앉으려고 그만……."
낮에 별을 본 기분이 이럴까. 난데없이 미안하다는 말은 무엇이고, 그

렇게까지 사과할 일인가 싶어 그 할머니의 얼굴을 슬며시 쳐다보았다. 세상에나, 저렇게 좋은 얼굴일 수가. 앉아 있고 서 있는 두 할머니의 얼굴은 달라도 한참 달랐다. 날이 선 얼굴과 한없이 온화한 얼굴의 차이는 극명했다. 과거의 삶이 어땠건 지금 현재가 어떻건 사람이 늙는다는 것은 저런 차이를 동반하는 것이겠구나 싶었다. 나는 어느 쪽인가.

얼마 전에는 가족과 함께 남해에 갈 일이 있었다. 점심시간이 되어 적당한 식당엘 들어섰다. 정식 몇 인분을 주문하고 앉아 있자니 식당 벽에 붙여놓은 '새조개'라는 말에 그게 무엇인지 궁금하여 새조개를 주문했다. 하지만 주문을 받은 청년이 눈만 마주쳤을 뿐 알겠다는 응답을 따로 하질 않았던 것 같아 다시 다른 아주머니에게 주문이 들어간 것이 맞느냐고 확인을 했다. 역시 주문이 들어가지 않았지만 곧 준비하겠다는 말을 들었다.

나는 가족의 귀에 대고 소곤거렸다. "저 청년, 조금 모자라지 않아?" 가족은 그런 것 같다고 응수했다. 뚱하고 맹하고 느리고, 아무튼 싹싹해도 모자랄 나이에 좀 그랬다. 식사를 마치고 계산을 하려고 현금을 꺼내는데 일하는 아주머니가 아까 그 청년에게 돈을 주란다. 나는 속으로 이랬다. '모자란 청년한테?' 아마도 주인의 아들인 듯했다.

계산을 마치고 신발을 신고 있었다. 그때 누군가 뒤에서 내 어깨에 묵직한 손을 올렸다. 등을 돌리니 그 청년이었다. 그 청년이 내게 만 원을 내밀고 있었다. 나는 무슨 영문인지 몰라 그 돈을 받아야 하나 말아야 하나 잠시 멈칫했다.

"만 원을 더 주셨어요."

그가 느릿느릿 말했다. 점심값으로 사만팔천 원이 나왔는데 오만팔천 원을 준 것이다. 나야말로 잘못 살고 있는 이상한 사람이라는 사실을, 만 원을 치르고 안 게 아니라 만 원을 돌려받고서야 알았다. 한참 모자란 사람은 나였구나 하면서 식당을 나오니 눈부신 햇살 아래였다.

조금 바보처럼 살아도 되겠다 마음먹고 살고는 있으나 바보 같은 사람을 만나면 풀어진 나사를 조여주고 싶어 안달하고, 느리게 살아도 되겠지 하면서도 바로 앞에 지름길을 놔두고 다른 길로 가겠다는 사람을 보면 눈이 삐었느냐 묻는 나는 이 얼마나 요란 복잡 시시한 사람인가 말이다.

세상에 많은 바람이 닥쳐오고 지나가지만 '사람'은 빠져 있는 일이 다반사다. 사람은 섬뜩할 정도로 제외된 채 세상은 흥분된 채로 제멋대로다. 누구나 애면글면 살고 있다고 해도 사람이 되기 위해 사는 삶하고는 거리가 멀다. 모르긴 해도 사람이 되게 하는 것은 다른 데 있는 것 같다. 이를테면 네 번의 계절을 따로따로 진하게 물들일 사랑 같은 감정 말이다.

모르는 한 사람을 알게 되고, 알게 된 그 한 사람을 사랑하고, 멀어지다가 안 보이니까 불안해하다가, 대책 없이 마음이 빵처럼 부풀고 익었다가 결국엔 접시만 남기고 고스란히 비워져가는 것. 이런 일련의 운동(사랑)을 통해 마음(사람)의 근육은 다져진다. 사랑한 그만큼을 앓아야 사람도 되고 사랑한 그만큼을 이어야 사랑도 된다.

지금 눈 부릅뜨고 살고 있는 건 나이들어서까지 살아 있는 눈빛을 잃지 않고 데려가기 위해서라던 누구의 말이 생각났다. 눈에 힘을 주고 산 이유가 눈이 풀려 보일까봐 그랬다면 이제는 나부터라도 눈에 힘을 빼고 살아볼까 한다. 눈에 힘을 빼면 이제 사랑도 보일 것 같다.

두근두근

돌고래를
만났다

돌고래 조련사에게 돌고래를 가까이 보게 해달라고 했다. 그녀가 단
번에 그러겠다고 해서 조금 놀랐다. 놀란 것이 그녀의 확고한 눈빛 때
문이었는지는 모르겠으나 확실하진 않다. 단 돌고래를 만나는 시간은
밤이어야 했다. 사람들이 많은 시간에는 사람들이 접근할 수 있는 정
도의 거리로만 가능할 테니 그 이상을 원한다면 사람들이 없는 시간
이라야 했다.
돌고래가 있는 동물원이 문을 닫을 즈음, 나와 그녀는 해 지는 바다를
두고 돌고래를 만나러 갔다. 가는 길에 조명이 꺼진 동물원 내부를 한

바퀴 돌았는데 어둠 속에서 몸을 내리고 쉴 채비를 하거나 이미 잠을
청한 동물들 사이를 걷는 동안 굉장한 세계에 들어와 있음을 알았다.
불쑥 어떤 동물이 사람의 언어로 말을 걸어오거나 어떤 동물은 손발
을 내밀어 내 옷을 잡아당기며 뭔가를 요구할 것도 같았다.

먼저 바다코끼리를 슬쩍 보여주겠다고 했다. 워낙 호기심이 많아서
동물원 안에서 손님 대접을 가장 잘하는 녀석이라고 했다. 아니나
다를까. 인기척이 들리자 바다코끼리는 두꺼운 몸을 끌고는 사람 쪽
으로 이동하면서 중심을 잡으려고 뒤뚱거렸다.

얼굴을 제대로 보라면서 그녀가 휴대폰 불빛으로 바다코끼리의 얼굴
을 비춰주었다. 우리 건너는 어둑어둑했지만 바다코끼리의 얼굴을 그
렇게 가까이 보는 것이 처음이어서 놀랐고, 바다코끼리와 헤어지면서
"우리 모습도 좀 보고 싶지?" 하며 우리 둘을 향해 휴대폰 불빛을 비
추는 그녀의 행동에도 조금 놀랐다. 놀랐지만 그녀는 늘 이렇게 하는
사람이었을 것이다.

다음은 그날의 주인공인 돌고래를 볼 차례였다. 작은 풀장을 연상시
키는 공간에는 물만 가득 채워져 있었다. 그때 그녀가 박수를 치자 물
속 어딘가에 있던 돌고래들이 수면으로 나타나기 시작했다.

차분한 시간에 차분한 불빛이 내려앉은 차분한 공간은 돌고래 일곱
마리가 등장하면서 한순간 축제 분위기로 바뀌었다. 땅이나 딛고 사
는 나 같은 입장에서는 해독이 불가능한 에너지들이 공중으로 물속
으로 마구 뿜어지는 중이었다.

그녀의 말을 잘 들으며 착하게 따라다녀서 그랬는지 마침내 그녀가

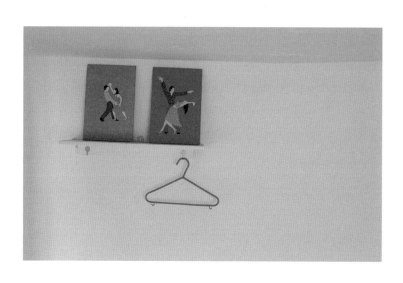

돌고래를 만지게 해주었다. 살아 있는 재질의 고무를 만지는 느낌이었
지만 돌고래를 만지고 있다는 느낌보다 돌고래의 어깨에 손을 얹고 함
께 수영을 하고 있는 기분이 들어 짜릿했다. 넓고 넓은 바다가 아닌 것
은 역시나 마음에 걸렸다.

호기심을 보이는 녀석, 호감을 나타내는 녀석, 만져달라며 배를 보이
는 녀석, 손님을 의식해서인지 곁을 주지 않고 저쪽 한구석에서 장난
감을 꺼내 혼자 노는 녀석. 우리가 알고 있는 대로 저마다 성격과 취
향이 분명했다.

나는 그녀가 잠시 한눈을 파는 사이, (가끔 우리 스스로 이해하지 못하
는 행동을 할 때처럼) 양손을 모아 앞으로 쭈욱 뻗은 다음 하늘 쪽으
로 힘껏 들어올렸다. 그러자 나와 눈을 맞추고 있던 돌고래가 힘차게
공중으로 솟아올랐다.

앗, 이건 어떻게 된 거지? 잊으려야 잊을 수가 없겠군. 갑자기 내가 왜
그런 행동을 했는지, 그 돌고래 언어를 어떻게 알고 있었는지 기분이
이상했다.

돌고래들과의 만남은 짧은 만큼이나 달콤하고 강렬했다. 간절히 읽고
싶은 책을 간신히 빌려서 다 읽은 기분이 그러할까. 몰래 저녁시간을
틈타 들어온 신분으로 밤을 지새울 수야 없지 않겠나 싶어 아쉽게 동
물원을 나서는 길. 벽 한쪽에 일렬로 걸린 조련복들이 눈에 들어왔다.
조련사들은 돌고래와 어떤 식으로 친구가 되어 살고 일하고 또 웃을
지 그 모습을 그리는 것만으로 마무리가 괜찮다 싶었다.

나는 그녀와 헤어지면서 언젠가 그들이 회식을 하게 되면 슬쩍 자리

에 함께해 돌고래 이야기를 들을 수 있으면 좋겠다고 혼자 생각했다. 그렇게 자리가 마련된다면 한때 나의 꿈이 돌고래 조련사였던 적이 있었노라 고백하겠다고 혼자 마음을 먹었다. 그때, 내 두 눈 가득 충만했던 호기심을 그녀가 어찌 읽은 것인지 헤어지면서 나에게 말했다.

"곧 돌고래 조련사를 뽑을 예정이에요. 물론 육 개월 동안은 돌고래는 못 만지고 장갑 끼고 돌고래 밥만 만들어야 하지만요."

그날 밤에는 자꾸 돌고래들이 마음속에 돌아다니며 무늬를 만드는 바람에 쉽게 잠들지 못했다. 그러다 잠이 들면 돌고래 조련사 면접을 보러 가는 길에 길이 꼬여 지각을 하고, 시험장을 잘못 찾아 헤매다 결국에는 모두가 다 면접을 보고 사라진 후에야 시험장에 도착하는 꿈을 꾸어야 어울릴 것만 같은 밤이었다.

들추는
돌마다

게
풍년이었다

곰소라는 곳에 들렀다가 일본식 가옥을 보고는 철렁 가슴이 내려앉았으니 역시나 일본 가옥이 풍기는 아릿함 때문이었다. 그러니까 쇠잔한 건물의 어깨, 한참 노안이 진행된 유리창들, 그리고 마당 한편에 덩그마니 짙푸르게 서 있는 향나무 말이다. 백 살 된 빈집에 들어가 조금만 앉아 있어도 진정한 문장들이 우르르 밤별들처럼 쏟아질 것 같은 기분이 들어 나는 조금 어지러웠다. 멀지 않은 곳에 살고 있다면 매일 산책을 와서 집 안쪽을 기웃거리고만 싶었다. 혹시 전생에 나는 이 건물을 지은 목수는 아니었을까 싶어 먹먹하기도 했다.

그리고 아름다운 부안의 바다, 채석강 위쪽에 붙은 작은 바닷가 작은 당사구에 도착했다. 그때는 물이 한참을 빠져나간 터라 일제히 바위 층이 드러나 장관이 펼쳐지고 있었다. 살살 걸어들어가 바다 내음을 맡고 있는데 책과 책 틈 사이로 얼른 게 한 마리가 숨는 게 보였다. 많은 사람들이 채석강 일대의 돌들을 보고 수만 권의 책을 쌓아놓은 것 같다고 하니 나 역시 편편한 바위들을 그냥 책이라 해보련다. 몸을 낮춰 책과 책 틈을 들여다보는데 세상에나 그 많은 게들이 두려움을 가득 담은 눈빛으로 줄을 맞춰 숨어가지고서는 나를 바라보고 있었다! 가만있어보자. 내가 너희들을 꺼내줄게. 너희들을 무엇으로 유혹하면 책 사이에서 기어나오려나. 포털 사이트를 검색해도 '서해에서 게 잡는 법'에 대해서는 알려주지를 않았다. 그리하여 작대기를 주워다 찔러도 보고 카메라 가방에서 끈 같은 것을 꺼내 흔들어도 보고 아예 손가락을 가만히 넣어 꺼내보려고도 했지만 쉽지 않았다. 책들 틈에 끼여 있는 게 아니라 책들 사이에 눌려 있는 듯한 모습이어서 더 만만하지 않은 듯했다. 행동이 이쯤 되었으니 슬슬 열이 달아오르기 시작한 것은 바닷가의 더운 날씨 때문만은 아니었으리라.

나는 오로지 무엇으로 이것을 잡는다는 말인가, 라는 욕구에만 충실할 뿐이었다. 그걸 잡아서 뭐하게, 따위는 신경쓰지도 않은 채 무조건적으로다 유아적인 경지로 회귀하는 나를 가만 내버려두기로 했다. 하지만 게들은 호락호락하지 않았다. 그들은 책 틈새에 일렬로 박혀서 나를 우습게 바라보며 나 잡아봐, 할 뿐이었다.

웃통까지 벗어젖히고 칼을 뽑아들었는데 뭐라도 썰어야 하지 않겠느냐며 무심결에 작은 돌 하나를 툭 찼다. 그때 와르르 흩어지는 돌 사이의 작은 게들. 돌을 들추면 되는 것이었다. 이미 땀은 송글송글 맺히고 햇볕에 등짝은 타고 있겠지만 이제부터 나의 수확은 창대할 터.

들추는 돌마다 게 풍년이었다. 해변 어디쯤에서 비닐 하나를 주워다가 수확들을 담았다. 덩치가 크고 몸이 꽉 찬 녀석들은 연신 집게를 벌름대었고 작은 녀석들은 무슨 영문인지 몰라하며 튀어나온 눈만 끔벅거렸다. 잡으면 잡을수록 큰 녀석들이 등장해 작은 녀석들은 눈에 들어오지도 않았다. 자, 이만하면 약이 오른 것도 좀 풀리고 소출도 묵직이 되었다.

하지만 이것으로 무엇을 할 것인가. 집에 올라가는 길이 아니라면야 게를 튀겨 소주 한잔하면서 이 저녁 바다를 즐길 터인데 그럴 수가 없으니 애석한 노릇. 읍내에서 만난 어른에게 사정을 말씀드리고 소출이 담긴 비닐봉지를 내밀자 하시는 말씀.

"내가 가져가봐서 먹을 수 있으면 먹고, 안 되겠다 싶으면 방생하든지 할게."

'나랑 같이 먹자는 말은 안 하시네요'라는 속엣말을 차마 꺼내놓지 못하고 돌아섰다.

서해바다에 살고 싶은 이유는 그곳에 노을이 지고 있으니까, 라고 누군가에게 문자를 보내고 싶었지만 어디에 두었는지 보이지 않는 전화기를 찾지도 않았다. 노을이 지고 있었다. 서해바다였다.

세상의
여러 맛을
보려고

사는 것
같아서

혼자 영화를 보는 것이 거의 유일한 사치이기도 한 나는 영화 본 것을
남에게 알리지 않는 것 또한 몇 안 되는 나의 사치 가운데 하나라고
생각하며 산다. 남에게 내가 본 영화 이야기를 할 때면 이상하리만치
음미할 것이 하나도 남아 있지 않은 바닥 상태가 되기 때문이다. 그래
서 영화는 혼자 보고 만다. 혼자 보고 혼자 담아두려 하는 편이다.

그럼에도, 좋아하는 여자와 함께 극장을 찾은 기억이 있다. 사실 영화
가 좋았던 것인지, 그녀가 좋았던 것인지가 구분이 안 가던 꽤 오래전
일이다. 〈미용사의 남편〉이라는 프랑스 영화였다. 국내에는 〈사랑한다

면 이들처럼〉이라는 달콤한 제목으로 소개되었다. 영화를 보고 며칠이나 혼자 '앓이'를 하다가 세번째로 그 영화를 보기 위해 그녀와 극장을 찾았다. 꼭 봐야 할 영화는 아니고 안 보면 안 될 영화라서 같이 봐준다면서 극장엘 갔다. 영화를 다 보고 영화가 좋다고 하면 그때부터는 간접적으로나마 사귀자는 표현을 할 참이었다. 영화를 보면서도 그녀의 옆모습을 순간순간 지켜보았던 것 같다. 영화에 몰입하는 정도나 동감하는 정도를 슬쩍슬쩍 살피기 위함이었지만 그녀는 영화가 끝나고 극장을 나오면서 통 아무 감흥이 없었다는 듯 밋밋한 표정이었다.

"좋지 않았어?"라고 물으니 "잘 모르겠어요"라는 대답이 돌아왔고 내 속은 부글부글 알 수 없는 감정으로 안 좋아지고 있었다. 안 좋아지는 정도가 아니라 내심 심각한 고집을 피워대면서 '어떻게 이 영화가 안 좋을 수 있어?'라는 심사가 번지고 있었다.

어떻게 영화 한 편으로 그 사람을 들여다보고 판정할 수 있을까 싶지만 말도 안 되는 정체불명의 젊은 피를 가지고 살 때였으니 그땐 그랬었다고 치자. 그렇게 나와 그녀는 기존의 적당한 거리에서 철저히 적당한 거리를 두는 사이로밖에 발전할 그 무엇이 없었다.

시절이 얼마나 지났을까. 결혼을 앞둔 그녀였는지, 결혼을 막 치른 그녀였는지 하여간 남의 여자가 된 그녀를 오랜만에 만났을 때 그녀가 한 말에는 바늘촉 같은 따끔한 것이 지나가고 있었다.

"그땐 몰랐는데 한참 시간이 지난 후에 알게 됐어요. 그 영화가 어떤 영화였는지를요. 나중에 여러 번 생각났는데 그제야 참 좋은 영화였구나 싶었어요. 내가 많이 어렸나봐요."

비극적인 사랑에 관한 영화였고, 논리적이지도 않으며 충동적인 감정으로 사랑을 완성하려는 남자 주인공의 이야기여서 보편적인 동감을 끌어내기엔 불편하면서도 무리가 있을 법한 영화였다는 사실을 뒤늦게 인정하지 않을 수 없었다. 정서적인 강요로 한 여자를 시험했다가 뒤늦게 한 대를 제대로 얻어맞은 셈이 되었다.

나와 많이 다른 사람 앞에서는 두렵다. 비슷한 사람하고의 친밀하고도 편한 분위기에 비하면 나와 다른 사람 앞에서는 본능적으로 속을 여미게 된다. 그럴수록 나와 같은 사람을 찾겠다면서 여러 시험지를 들이대고 점수를 매기는 게 사람이다. 하지만 아무리 그렇다고 해도 내가 좋아하는 기준과 중심들을 꺼내놓고 좋아하는지 싫어하는지, 이해하는지 이해 못하는지를 시험하는 것은 참 그렇다. 사람은 저마다 다르고 각자의 박자를 가지고 살며 혼자만의 시력만큼 살아간다. 우리는 그 모두를 겪겠다고 '인간 소믈리에'의 자격으로 태어난 것. 남의 '다름'을 한낱 '이상함'으로 보겠다는 포즈로 살아가는 한 우리는 세상의 여러 맛이 차려진 특급 식당에 입장할 권리를 잃는다.

그녀는

그곳에

다녀간
것일까

그를 알게 된 것은 잡지사에서 그를 인터뷰해달라는 요청을 받아서였
다. 한 번 그를 본 후 나는 시각장애인 안마사를 알게 되었다.

그를 인터뷰하는 시간은 한 시간 남짓이었다. 인터뷰를 다 마치고 돌
아가려고 하자 그가 기왕이면 마사지를 받고 가라고 했다. 마사지를
받지 않고 한 번도 받아본 적 없는 마사지에 관한 기사를 쓴다는 것
은 이를테면 노래를 부르면서 동시에 국수 한 그릇을 다 먹겠다는 무
개념 상태 같다고나 할까. 꼭 훌륭한 기사를 쓰겠다는 것은 아니었으
나 분명 필요한 것이었으므로 나는 그가 시키는 대로 엎드렸다.

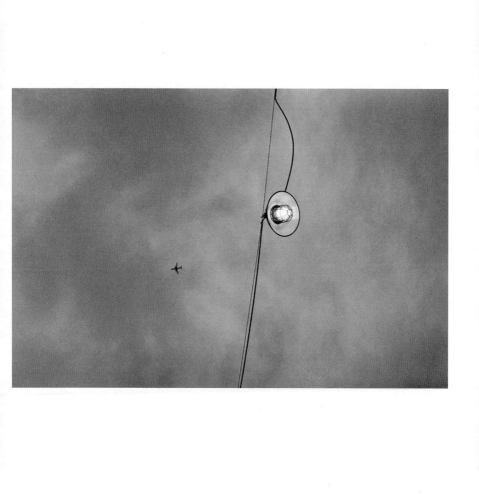

우선 그는 내 몸의 안 좋은 구석들을 차례로 골라냈다. 어깨에서 목으로 이어지는 평행선과 갈비뼈 근처에 뭉쳐진 무언가와 그리고 양다리가 서로 균형을 이루지 못하고 있다는 사실 등등이었다. 나는 그가 하라는 대로 겉옷을 벗고 다시 누웠다. 방은 어둡지도 그렇다고 밝지도 않았으나 속옷 하나만을 걸치고 있는 것쯤은 앞을 보지 못하는 그에게도 또 나에게도 중요하지 않았다.

생선을 잘 발라내는 사람. 자유자재로 몸을 꽈배기처럼 꼬았다 풀어놓는 사람. 그 사람은 그런 사람 같았다. 내 몸을 몇 등분으로 나누어 한 군데를 해결하고 다시 다른 곳으로 손을 옮겨 어느 부위를 손보는 솜씨가 굉장했다. 손동작은 낭비가 없었으며 양어깨는 봉우리가 많은 어마어마한 산의 지도를 펴놓고 한걸음에 완등할 채비를 마친 산사람의 그것 같았다.

그는 이십대 후반에 교통사고를 당한 후 시신경이 마비되었다. 그리고 시력을 잃었다. 트럭이 인도로 덮치면서 길가에 주차된 승용차 한 대와 충돌했는데 그 충격이 이어져 승용차가 인도로 튀어올랐고 그만 그 차가 길을 가고 있던 그의 머리 쪽을 덮친 거였다. 그때나 지금이나 창창한 시절, 그는 이제 겨우 서른을 조금 넘긴 나이였다. 귀밑에 찢긴 자국을 빼면 꽤 인물이 좋은 편의 사내였다.

그에게 가장 보고 싶은 것이 뭐냐고 물었다. 팔꿈치로 내 왼쪽 날갯죽지를 달래다가 그가 대답했다. 눈을 보고 싶다고 했다. 나는 그것이 눈[雪]인지 눈[眼]인지를 몰라 헤아리려 더듬더듬 어딘가에 골몰하고 있었다. 그가 말했다. 겨울 아침에 길을 나서는데 눈이 온 것을 나만 모르고 있을 때는 참 당혹스럽더라고. 얼마 전 첫눈이 내렸을 때 눈의 양이 꽤 되어 걷는 데 두려울 만큼 고통이 따랐다고 했다. 노래를, 가요를 좋아한다고도 했다.

그가 말을 이었다. 묻지도 않았는데 꺼낸 한 여자에 대한 이야기였다.

"많이 사랑한 여자가 있었어요. 그 여자도 나를 많이 좋아해줬죠. 근데 사고로 이렇게 되고 내가 잠적을 해버렸어요. 이렇게 된 것을 보여주기 싫어서가 아니라…… 미안해서요. 가끔 그 사람이 보고 싶어요. 그 사람을 다시 볼 수 있으면 얼마나 좋을까요?"

그가 한 '다시'라는 말이 그를 얼마나 비참하게 하는 말인지, 그 말이 눈에 박힌 것처럼 금세 내 눈이 붉어졌다는 걸 그는 몰랐을 것이다.

"근데요. 그 여자 분이…… 여기에 다녀갔을 수도 있잖아요?"

대뜸 내가 묻자 그가 손을 멈췄다. 그의 손끝으로 열기가 빠져나가고 있었다. 나는 왜 그렇게 생각나는 대로 말해버렸을까. 하필이면 왜 그 말을 던져서 그를 유감하게 했을까. 멈칫 그를 아프게 했을까.

당신은 아무 죄 없이 세상을 보지 말라는 무자비한 형벌을 받았고, 그렇게 앞이 가려진 채로 마음이 좇을 수 있는 것은 인생의 가장 아름다웠던 한때인 것이다. 우리가 정해진 대로 가게 돼 있듯 고작 과거인 것이다. 이러니 당신 앞에 그녀가 나타났다면 당신은 그녀의 존재를 알아차리기나 했을까 하여 마음이 미어져 내처 물어본 것이었다. 당신 신세가 한스러워 그냥 혼잣말로 뱉은 거였는데.

그런 것 같기도 하다고. 아마도 그랬던 것 같다고.

자기가 한 말에 자기가 더 놀란 사람처럼 그의 몸이 굳었다. 그러고는 마음을 추슬렀는지 그가 말했다. 한 여자가 마사지를 받으며 우는가 싶더니 그만 나가버린 적이 있었는데 그러고 보니 그녀인지도 모르겠다고. 고작 그녀의 손 몇 번 잡은 게 다여서 그녀를 만지고 있으면서도 그녀인 줄 몰랐었다면 얼마나 바보냐며.

말을 마친 그가 너듬너듬 벽에 기대놓은 의자를 찾아 앉았다.

나는 그 밤 아주 긴 글을 쓰느라 새벽 동틀 무렵까지 앉아 있었다. 곤한 줄을 모르고 책상에 앉아 있었던 것은 몸이 실팍한 대접을 받아서였을 것이지만, 그와 그녀의 끊어진 인연이 내내 마음 쓰여 온통 머릿속에 구멍을 숭숭 뚫어놓았기 때문이었다.

그녀는 그곳에 다녀간 것일까.

좋은 날이

많이

있었습니까

양평에 도착해 내가 많이 좋아하는 첫번째 집엘 들릅니다. 인사를 하고 식사를 마치고 이런저런 이야기들을 나누던 가운데 그동안 만나지 못했던 그 집 식구들의 안부가 궁금해 사진첩을 봐도 되냐고 묻습니다. 아주머니가 옷장 깊숙이에서 사진첩을 꺼내옵니다. 어렸을 때 같이 뛰어놀던 친척 형제들은 이렇게 장성을 해서 살아가고 있구나 싶어 내 마음은 좋은데 아저씨 아주머니는 눈물바람입니다.

아주아주 오래전, 그 집에 태어난 어린아이가 성인이 되기도 전에 어느 날 바닷가에서 놀다가 갑자기 변을 당해 세상을 접은 일이 있는데 눈치도 없이 사진첩을 보겠다는 바람에 그 아픈 일이 다시금 밀려온 것입니다. 그 일 이후, 아이를 잃은 슬픔에 아저씨는 담배가 늘었고 먼 곳을 보는 일이 많았고 그것이 쌓일 대로 쌓인 것인지 최근에는 폐암 선고를 받았습니다.

부부는 행여 아이 생각이 날까봐 여태껏 꺼낸 적이 없었다며 연신 흘끔흘끔 가족사진 속 아이의 모습을 내려다봅니다. 어렸던 아이의 그 때 그 모습을 내려다보면서 두 분은 연신 눈가를 훔칩니다.

아픈 가지 하나쯤 없는 집 있을까마는 이 집의 아픈 가지는 바로 그 일입니다. 여러 번 방문하였지만 알게 모르게 이 집에 드리워진 그늘의 정체는 바로 그 슬픈 일 하나 때문이었습니다.

내가 많이 좋아하는 두번째 집으로 갑니다. 마루에 들어서자마자 크게 뽑아놓은 가족사진이 걸려 있는 게 눈에 들어옵니다. 사진 때문에 집이 좁아 보일 정도다 싶습니다. 그 여러 명이 함께 찍은 가족사진에는 지금 없는 사람이 세 사람입니다. 한 사람은 인연을 접어서이고, 다른 한 사람은 얼마 전 사별을 해서이고, 나머지 한 사람은 어디론가 떠나서 연락이 되지 않은 지 오래됐습니다.

이해조차도 힘겨운 이유야 있었겠지만 가족들은 겪지 않아야 할 일을 차례로 겪으면서 당장의 고통이 말이 아니었을 겁니다. 삶의 방식을 달리 선택한 당사자들도 견딜 수 없는 생의 불편한 무게를 어쩌지는 못했겠지만 말입니다.

하필이면 가족사진이 걸린 벽을 마주보는 자리에 앉아서 마땅히 눈 둘 데는 없고 분위기도 영 그렇습니다.

그러자 그때 바깥분이 한마디를 하십니다. "내가 저 사진을 떼어버리자고 몇 번을 말했는데 집사람이 말을 안 들어요." 그러자 아내가 대꾸합니다. "아니, 저걸 왜 떼요? 자꾸 봐야지요. 자꾸 봐야지 우리가 한때 저랬었다는 걸 알게 되잖아요. 도대체 저걸 왜 떼라고 난리예요? 난 절대로 안 떼요." 그렇게 말하면서 얼굴 위로 슬몃 고통의 근육 몇 가닥이 움직입니다. 그러면서 지그시 안쪽 이를 깨무는 것도 같습니다. 하지만 뼈아픈 사실 앞에서 그렇게 말하는 용기에 저절로 고개가 숙여집니다. 보통 사람들은 흉내낼 수 없는 굉장한 질량의 긍정입니다. 참 오랜만이다 싶은 엄청난 밝음, 그 빛 앞에서는 그 무엇도 당해낼 재간이 없을 것 같습니다. 신은 인간에게 견딜 수 있을 분량 만큼의 슬픔만 나눠준다고 하지만 그 슬픔을 딛고 뛰어넘을 수 없을 때 인간의 삶은 그저 밑으로 줄줄 샐 거라는 사실도 가르쳐주었습니다.

여행중에 자주 만난 적 있는, 아무것도 없는 벌판에 혼자 세워진 사원 하나가 떠올랐습니다. 그만큼 아무것도 없는 곳에다 그 높은 것을 인간으로부터 멀리 세워놓은 것은 인간이 고통스런 존재이기 때문일 겁니다. 누구나 고통은 멀리 두려 합니다.

하루 동안 얼마 떨어져 있지 않은 거리의 두 곳에서 본의 아니게 아픈 사진들을 보게 되었습니다. 내가 좋아하는 사람들의 박물관에 들른 것뿐인데 마음은 꽁꽁 잡아매놓은 것처럼 불안하게 탱탱합니다.

내가 그동안을 살면서 만났고 정을 나눴고 그러다 함부로 지워 없앤 뭇사람들의 얼굴이 겹쳐 떠오르기도 하였습니다. 끔찍하게도 지워버린 얼굴들 말입니다.

나는 박물관 안에서 박물관 주인들에게 온 마음을 다해 '괜찮으시죠?'라고 안부를 묻고 싶으나 그러질 못하고 누구에게랄 것도 없이 그저 속으로만 '괜찮습니다, 다 괜찮습니다'라는 말을 여러 번 반복했습니다.

우리가 얼마를 더 살게 될지 모르는 것처럼 우리가 얼마를 더 살게 될 것인지를 셈할 수는 없습니다. 우리의 능력 밖의 일이고 우리가 관여할 셈이 아니기 때문입니다. 그렇기에 우리 살아온 날들 중에, 좋은 날은 얼마나 많았느냐 하는 것입니다. 감히 그 힘으로 살아도 될 그런 날들이, 그 힘으로 더 좋은 것들을 자꾸 부르는 그런 날들이 우리에게 얼마나 있느냐 하는 겁니다.

하고
싶은 말

하지
못하고

진안에서 몇 주를 보낸 것은 시를 쓰기 위해서였다. 진기한 풍경을 가슴에 담고 나면 무심히 시를 쓸 수 있을 것 같아서, 하루 한 번 마이산을 올려다보고 있으면 그 얼마간의 소원이 이루어질 것 같아서 찾아간 산 아래였다.

그곳에 지내는 동안 술친구가 내려온 적 있었는데 그 친구를 마중하러 진안 버스터미널에 나가 기다릴 때였다. 진안군 내를 도는 버스가 터미널 앞에 도착하고 남자와 여자가 내렸다.

그리 가까운 사이는 아닌 듯 둘은 적당히 인사를 하고 헤어졌다. 정확히는 남자가 터미널 입구에 남았고 여자는 터미널 안으로 들어갔다. 여자가 큰 가방을 들고 있었으므로 아마도 여행을 온 듯 보였다. 여자는 고맙다는 말을 두어 번 남겼고 남자는 아닙니다라는 말을 두 번 하면서 그렇게 헤어진 것이다.

하지만 거기서 끝이 아니었다. 남자는 하늘을 한번 보고 크게 해맑게 웃더니 여자가 들어간 안쪽으로 따라 들어가는 서였다. 그때부터 남자는 여자가 표를 끊는 모습과 버스를 기다리는 모습과 버스에 오르는 모습까지를 반한 듯 바라보고 있었다. 훔쳐본다고도 말할 수 있겠으나 그렇게 말하기엔 드물게 기운이 맑고 고운 사람 같았다.

난 갑자기 둘이 어떤 사이인지가 궁금해지기 시작했다. 두 사람 사이에 무슨 일이 있었고 무슨 감정이 오갔으며 왜 남아 있는 사람 마음이 떠나는 여자의 뒷모습으로 기우는 것인지 궁금하고 또 궁금하여 머릿속이 부글거렸다. 마침 친구가 탄 버스가 도착했으므로 그 궁금증의 세포는 그것으로 더이상 자라지 않았다.

친구는 하루만 있기로 했으나 마이산의 정기가 자신을 놓아주지 않는다며 하루를 더 머물렀다. 그리고 친구가 떠나는 날이 되어 터미널에 갔을 때 물 한 병을 사 들고 나오다가 그 남자와 멀찌감치 한 번 더 마주쳤다. 남자는 큰 가방을 들고 있는 여자와 작별을 하고 있었다. 이번에는 다른 여자였다.

마치 지금 막 영혼의 짝을 놓치고 있는 듯한 그 남자를 보면서 나는 친구에게 말했다.

"저 남자랑 저 여자 말이야. 저렇게 두 사람이 헤어지지. 그런 다음, 남자는 여자가 하는 행동을 하나하나 간절하게 바라보게 될 거야."

"뭔 소리야? 그걸 어떻게 알아?"

"저 남자, 하고 싶은 말을 하지 못했거든."

짐작대로였다. 친구가 아는 사람들이냐고 물었고 나는 표정만 봐도 안다고 장난스럽게 말했다. 나 때문에 그 남자는 졸지에 여자에게 하지 못한 말이 있는 사람이 되어버렸다. 어쩌면 여자에게 할말이 있어서가 아니라 여자에게 들을 말이 있어서였는지도 모르겠지만 말이다. 모르긴 해도 두 사람에게 불충분했던 것은 시간 같아 보였다. 이전의 여자와도, 지금의 여자와도 이별하는 모습으로 봐서는 두 사람은 결코 오랜 시간을 같이 보낸 사이가 아니었다. 어쨌거나 떠나는 여자와 남겨진 남자의 풍경은 타인을 관찰하면서 먹고사는 직업을 가진 우리 두 사람에게 굉장한 호기심을 피워올렸다.

"프리랜서 가이드는 아니겠지?"

내가 프리랜서 형사처럼 중얼거리자 친구는 그렇게 보기에는 남자가 적극적이거나 민첩한 사람이 아니라고 했고 나는 그 의견에 동의했다. 무엇보다 분명한 건 여자의 뒷모습을 바라보는 남자의 얼굴 한가득, 가을 하늘 아래 흔들리는 코스모스처럼 넘치는 게 있었다. 경계를 딛고 선 채로 그 시간을 충분히 행복해하고 있다는 것.

껍데기를 깨뜨리지 않고는 자신에게 후한 점수를 주지 못하는 사람처럼 뭔가 미진한 채로 서서 소극적으로 한 여자를 바라보는 남자에게 "그렇게 서 있지만 말고 조금이라도 인생의 방향을 바꿔본다면, 그러면 다른 삶이 펼쳐지지 않겠습니까?" 하면서 길거리의 도인들 말투로 말을 건네보고도 싶었지만 우리는 말이다, 요컨대 우리 모두에게는 미처 열어 보이지 못한 마음이 남아 있는 법이다.

이 말들은

누구의
가슴에서

시작됐을까

시대가 어떻더라도 사람들은 연애를 하고 연애의 물결은 세상의 중심
에서 파문이 된다. 가을이어서 연애를 하고 겨울이어서 사랑을 하고
봄이어서 껴안는다. 그리고 어떤 사랑은, 어떤 연애는 이별이라는 딱지
를 달고 페이지를 넘긴다.

은행잎 쌓이는 덕수궁 돌담길을 연인과 함께 걸으면 헤어지게 된다는
소리가 있다. 글쎄, 그것이, 그렇게까지 될까 싶은 의문을 가질 때 누군
가는 소리치며 "나, 거기 갔다가 깨졌잖아요" 하며 손을 번쩍 들어올린
다. 무엇이 두려울까마는 그런 곳이라면 아무리 상사가 급한 일로 심

부름을 시키더라도 왠지 그 길을 걷고 싶지 않아 삥 돌아가곤 한다던 어느 한 사람도 알고 있다.

또 부안의 채석강이 그런 곳이란다. 왜 그런 이야기가 전해오는지 모르지만 그곳에 가는 모든 연인은 그 여행에서 돌아와 얼마 가지를 못하고 곧 헤어진다고 한다. 그것도 모자라 헤어질 마음이 있는 연인은 상대를 데리고 부러 그곳을 찾는 정도라고 하니 그 이유가 참으로 궁금하다. 채석강의 비극적일 정도로 빼어난 노을 풍경에 관련되어 있거나 오래전 어느 기녀가 그곳에서 불렀다는 애절한 노래가 아직도 기운을 세우고 있어서일까.

창원의 용지 호수도 그런 곳이란다. 하늘에서 보면 호수의 외형이 '하트' 모양을 닮았는데 데이트를 하러 온 많은 연인들이 호수를 한 바퀴 산책하면 얼마 못 가 깨지고 만다는 속설이 있는 곳이다. 하트 모양이 완전하지 못하고 한쪽이 깨져 있어서 그렇단다.

도대체 누가 만든 말들이길래 참 믿을 수도 없고 참 안 믿을 수도 없는 말이 되었을까. 사람을 닮은 낭창낭창한 말들이며 표현들. 그런 말들은 누가 다 이토록 손질해놓았단 말인가. 누가 짓고 누가 퍼뜨려서 굳어지고 소용되는가 말이다.

더 믿을 수 없는 이야기는 단풍 이야기다. 단풍이 말이다, 계속해서 남쪽으로 남쪽으로 물들어가는 속도가 사람이 걷는 속도하고 똑같단다. 낮밤으로 사람이 걸어 도착하는 속도와 단풍이 남쪽으로 물들어 내려가는 속도가 일치한단다. 어떻고 어떤 계산법으로 헤아리는 수도 있다는데 도대체 이런 말은 누가 낳아가지고 이 가을, 집 바깥으로 나올 때마다 문득문득 나뭇가지들을 올려보게 한단 말인가. 말과 말 사이에 호흡이 배어 있는 것 같은 이 말은, 이 근거는 누구의 가슴에서 시작됐을까.

또하나의 믿을 수 없는 것은 식물의 이름에 관련되어 있다. 백리향이라는 풀의 이름에도 그만한 쉼표와 호흡이 장치되어 있다. 백리향은 낮게 자라는 나무의 일종으로 주로 높은 산에서 볼 수 있는데, 이 식물의 향은 가을 풀 향 중에서 단연 으뜸이다. 단지 식물의 냄새만이 아닌 동물적인 냄새까지도 포함하고 있는데다 진하고 또 강렬하여 늦은 밤 책상에 앉은 사람, 마음이 허전한 사람, 종일토록 기력이 없는 사람, 사는 것이 지옥 같아서 자꾸 먼 데만 보는 사람을 자극하는데 직방이다. 백리향도 발끝에 붙은 향기가 백 리를 간다고 해서 붙여진 이름이란다. 세상에나. 다른 데 넣어둔 향기도 아니고 그저 발끝에 붙은 향기라니. 표현 참 아찔하다. 이름에 과감히 비과학을 이어붙인 것은 또 누구일까. 잘 모르긴 해도 감정의 물결이 꾸미고 벌이는 일일 터.

과연 이 최대한의 확장은 인간의 심장이 벌이고 꾸민 일일까. 이 야무진 말들은 누가 지어내 다시 듣는 이로 하여금 심장을 출렁거리게 하는가 말이다.

세상 모든 소리가 심상찮게 들리면서 다시금 메아리치는 것은 가을이라는 계절이 하는 일이겠지만 자꾸 이러다 세상에 믿지 못할 소리의 수위가 점점 높아지는 건 아닌가 하는 마음도 없지는 않다. 물론 그런 환상적인 소리가 시(詩)에만 있어서도 아니 되겠지만 말이다.

평소 존경하는 번역가 김화영 선생을 상가(喪家)에서 뵙고 어느 계절을 가장 좋아하시는지 여쭈었더니 가을이라 하신다. 왜 좋으시냐고 다시 여쭈었더니 가을은 모두 끝나서 없어질 것 같은 분위기가 있어 좋아, 하신다.

선생님, 이 가을이 끝나기는요. 이토록 가을이 되면 사람들은 마음에다 말에다 온기를 실어 세상을 짓고 허물고 하는 작업을 열심히들 하고 있는걸요. 단풍 든 나무 아래만 서 있어서도 심장이 벌렁벌렁하고 머리가 어질어질하구만요. 그리고 이렇게 가을에는 사람들이 거짓말인지 시(詩)인지 모를 말들을, 잘 모르면서도 이해하고 싶은 핑계들을 자꾸 만들어내고 있는걸요.

지금으로부터

우리는   더 멀어져야

나의 스승은 이른 저녁 불을 켜지 않았다. 광주고 영동이고 양평이고 스승의 댁을 찾았을 때 당신이 혼자 계시는 저녁 무렵, 불을 켜지 않으시는 걸 자주 목격할 수 있었다. 아주 가끔은 다 어둡고 난 다음이 되어서야 "아이쿠, 내 정신 좀 봐"라고 하시며 자리에서 일어나 불을 켜셨지만 그것은 손님인 나를 의식해서였다. 돌아보면 아주 어두워지는 시간까지 바깥을 향하여 앉은 채로 이야기를 하다가 특별한 인기척이 나서야 때가 되었음을 알아차리고는 불을 켰던 때가 참 많았다. 고 최하림 시인의 이야기다.

불을 켜지 않고 가만히 앉아 있거나, 불을 켜지 않은 채 가만히 사위가 어슬해지는 바깥에 눈길을 주고 있으면 다가오는 무언가가 있다. 알지 못할 것이기도 하려니와 알 것만 같은 그 무언가이기도 한 것이 한순간 몰려온다. 그것으로 인해 그 시간이 채워지기도 하며 비워지기도 하는 그 무언가는 맛이 있지 않은, 통통 부은 눈가 같은, 처방을 허락하지 않는 시간이면서도 어떤 구체적인 덩어리가 아니어서 달리 설명할 길은 없다. 그럼에도 탁 하고 불을 켜면 이내 사라지고 마는 그것의 정체는 느리고 아주 묽은 것임에는 분명하다. 굳이 덧붙이자면 세상의 가치와 속도와는 전혀 다른 화학물질을 닮았다는 정도밖에는 설명할 능력도 없다.

음식 향기로 가득찬 식당 앞에 줄을 서서 기다리다가 내 차례가 오면, 마지막으로 한껏 좋은 음식 냄새들을 맡은 다음 그길로 식당을 빠져나오고 싶다. 먹지 않아도 되는 순간이 있다는 것을 알기 위해.
내가 가는 길이 제 길이 아니었음 싶다. 길이 아닌 길은 두렵고 아득하겠지만서도 동시에 당신에게 이르는 길이 아니라는 걸 알려주기도 할 테니까.
행복하고 싶지도 않다. 우리가 행복보다 더 큰 무언가를 위해 사는 거라면, 행복보다 진정 더 큰 무엇의 가치가 있기는 한 것 같으니 그것으로 대신하기로 한다.
비극이라는 단어를 사용하는 대신 눈물이라는 감정만 사용했으면 싶다. 상처라는 말에 끌려다니기보다는 무시라는 감정으로 버텨냈으면 한다.

개인적으로, 안 좋은 저 일과 안 좋은 이 일이 겹쳤으면 한다. 그 국면을 뛰어넘기 위해 한 번도 가져본 적 없는 에너지를 쏟게 될 테니, 그런 다음 엄청난 기운으로 솟구쳐 되살아날 테니.

마취를 해도 마취가 안 되는 기억의 부위가 하나쯤 있었으면 한다. 그것으로 가끔은 화들짝 놀라고 다치고 싫겠지만 그런 일 하나쯤 배낭이라 여기고 오래 가져가도 좋을 테니.

그저 적당히 조금 비어 있는 상태로는 안 된다. 지금의 안정으로부터 더 멀어져야 보이는 것들이 있다. 뻗어나가는 것도 있다.

나는 지금 여행중이고 안경을 가져오지 않아 먼 것을 보는 일이 어렵지만 두고 온 것을 아까워하지 않기로 한다. 먼 것을 흐릿하게 보는 것으로 다행이며 가까운 것을 꼭 붙잡고 있을 수 있으니 다행인 것으로 치면 그만이다.

얼마 전 선배 시인이 꽤 오랜 기간 시를 쓰고 있는데 시가 잘 되질 않아 입술이 부르텄다고 했다. 시가 잘 되지 않는 시기의 시인의 딱한 입장을 모르는 바가 아니어서 한마디 거들었다. "그럼 환경을 좀 바꿔보시는 건요? 마당 있는 집에 사시니 마당에다 텐트를 치고 그 안에서 먹고 자고 하는 거예요." 웃기는 말이지만 단지 웃으라는 이야기가 아니라 텐트 안에서의 시간은 어쩌면 그가 시인이라는 오랜만의 사실을 알게 해줄지도 모른다. 시인은 정면을 향해 선뜻선뜻 걷는 자이기보다는 이면의 모서리를 따라 위태로이 걷는 자일지도 모른다.

나 역시 나에게 시인인 척하기 위해 삶에서 끊어야 할 목록들을 늘리고만 싶다. 조금 많이 비운 상태로 되돌아가기 위해 무리하게 지불해야 할 것은 없겠다. 전화기를 끄는 일처럼 관계를 잠시 접어두거나 철저히 혼자 있는 시간을 만드는 일. 그럴 때 버스터미널에 가서 고개를 오래 들고 버스 시간표라도 확인하고 오는 일. 해진 양말에 손을 넣어보며 어디를 다니다가 이렇게 됐을까를 생각하는 일. 그렇게 구멍들을 만들어 그 안에 숨는 일.

조금은 벙벙해 있는 상태에 놓이는 것이 낫겠다. 그것이 가볍고 그것이 사무치게 자유롭겠다.

그러니 모든 것이 넘치는 세상에 문득 방문을 하시는 허무와 허전에게, 가을날 문득문득 우리의 심장을 두드리는 이 공허에게 대접할 수 있는 일들은 무엇인지에 대해 생각한다.

어지간히
따로가

아름답겠습니다

더이상 당신과 같이 지낼 수 없다고 말해야 할 때, 어떤 말이 좋을지.
그것은 물기를 막 닦은 유리잔처럼 빛나면서도
잘 다려진 와이셔츠처럼 단정해야 할 것이지만.
더이상 같이 지낼 수 없을 것 같은 게
이렇다 할 이유가 없는 것이어서 충분히 고통스럽다면.
그 고통을 고스란히 담은 말을 꺼내야 할지,
소극적인 말 몇 마디를 쏟아붓고 그쳐야 하는 건지.

살아보니 당신이 보였습니다, 라는 첫 문장으로 편지를 쓰면서

당신하고는 이토록 소박한 삶을 원하지 않았습니다, 라든가

어지간히 따로 지내는 것이 아름답겠습니다, 라는 말을 적는 건 어떨지.

아무리 긴 시간을 꾸민다 해도 더이상 같이 지낼 수 없다는 것은

공기를 낭비하지 않겠다는 것일 테니.

근사한 말들을 동원해 마술을 보여줄 섯도 아니라면

게다가 장엄한 결말을 내기엔 주인공들이 지쳐 보이므로.

불확실한 것으로 연명하는 것은 어쩌면 죽음이기도 한 것이니

안녕, 안녕. 안녕이라고 백번을 말해줄게.

혼자
있어도 보라며

방을
얻어준 당신

아내가 혼자 지내기 좋으라고 남자는 아파트 바로 아래층의 작은 집
하나를 산다. 아래층이 이사를 나가는 날 슬쩍 들여다보았는데 일단
넓지를 않아 혼자 지내기 좋을 것 같다는 생각이 든 것은 남편이었다.
살림은 늘어날 수밖에 없는 것이어서 안 그래도 집이 좁아 마음이 쓰
인 터였는데 잘되었다 싶었다. 그들 부부가 사는 공간과는 달리 아래
층 집에서는 창밖으로 아주 가깝게 강물이 보인다. 남편은 아내에게
아파트 열쇠를 선물하는 날에, 가끔 집에 들어오기 싫은 날이 있으면
여기 아래층에서 자도 된다고 말한다. 하긴 남자는 하루종일 집에서

일을 하는 사람이었다. 가끔 외출을 하기도 했지만 집에서 일하는 것
과 집에서 사람 만나는 걸 즐기는 사람이었다.

넓어졌지만 분리되어 있는 집이었다. 이 집에서 저 집 안쪽이 들여다
보이지 않는 각자의 문이 있는 집이었다. 작은 성냥갑 위에 큰 성냥갑
이 올려진 집. 좋은 사람과 사는 여자가 무한정 부러웠다.

이제 여자는 혼자 있고 싶을 때 혼자 있게 되었을 뿐만 아니라 혼자
있고 싶다고 말해도 되는 권리를 사용할 수 있게 되었다.

그 얼마나 어려운 일이 되었나. 누군가가 옆에 있는데도 '나 혼자 있고
싶어'라고 말할 수 있는 용기를 부리는 일은.

내게 잘해주는 사람이 나를 치유해주는 능력이 50이라고 한다면, 좋
은 사람을 알고 있다는 사실이 나를 치유해주는 능력은 80이라고 생
각한다. 나를 움직이는 사람은 나에게 잘해주는 사람이 아니라 나라
는 사람 안에 들어와 있는 '좋은 사람'이다. 낯선 곳에서의 좋은 풍경
은 그곳을 오래 기억하게 하지만 아주 우연히 좋은 사람을 만난 사건
은 우리를 그곳에 다시금 간절히 가고 싶게 만드는 이치와도 같다.

좋은 사람은 누군가에 의해 만들어지는 게 아니다. 내가 어렵게 행하
고 인정하게 되는 무한대의 범위 안에서 내가 좋은 사람이 될 것인지
말 것인지를 택하게 되는 것이라서 그렇다.

우리 삶이 이상한 곳으로 흘러가 쌓이더라도, 그곳이 안 좋은 곳이라
면 끔찍한 일일 것 같아서 우리는 나름 열심히 살려고 한다. 그럼에도
우리는 진정 무엇을 원하는지를 제대로 몰라서 그저 그런 사람으로
살아간다.

나를 가둔 것은 세상이 아니라, 내가 '갇힌 세계'가 나를 덮어썼기 때문이다.

그러므로 좋은 사람으로 살겠다는 것은 우리네 불완전한 인생을 창작 가능하게 하는 인간의 깊은 경지다. 좋은 사람은 그래서 가장 오래 영원히 산다.

모든 것을 온전히 털어놓고 싶게끔 내 온몸이 반응하는 사람. 가장 명료하며 가장 완벽한 연락처럼 좋은 사람은 그렇게 온다.

왜

섬이
좋으냐고

묻는다면

초여름날의 흑산도는 아름다웠다. 목포에서 커다란 배를 타고 네 시간을 가야만 도착할 수 있었던 섬 중의 섬이었으니 꽤나 다른 말을 쓰는 게 당연했다. 흑산은 깊디깊은 속맛이 있었다.

섬에서 지내는 일은 비교적 단조로웠다. 바닷가를 산책하는 일, 글 쓰는 일, 먹는 일과 자는 일, 그리고 아 멀리, 깊숙이 와 있구나 하는 것을 느끼는 정도였다. 그러던 어느 좋은 날, 바닷가를 산책하던 중에 우연히 한 소년을 만났다. 처음 소년에게 말을 건 것은 높은 바위 위에 올라 다이빙을 하면서 노는 소년의 허리춤에 있던 상처가 신경쓰여서

였다. 이야기를 듣고 보니 움푹 파인 상처는 상당히 고통스러웠을 법한 지난날의 흔적이었다. 처음엔 경계를 했던 소년은 끊임없이 호기심을 보이는 나에게 자신이 알고 있는 섬에 관한 모든 것들을 쏟아놓았다. 이야기를 듣는 일은 내가 섬에 도착해서 겉돌았던 무엇보다도 재미있었다.

소년은 학교 갈 때 한 번, 학교 끝나고 한 번 나를 찾아와 "글 많이 쓰셨어라?" "언제 올라가실 건데요?" 같은 안부를 묻곤 했었고 나는 소년에게 아이스크림을 사주거나 라면을 끓여주었다. 소년과 인연이 된 나는 어느 여름 무렵 한 번 더 흑산도를 찾았다. 간절히 글을 쓰고 싶어서 다시 찾은 섬에서는 글을 쓰기엔 지나치게 화창한 날들만 계속되는 바람에 결국 소년과 노는 일에 조금 열심이었다.

내가 서울로 올라오자 소년은 힘들어했다. 내가 섬을 떠날 때 섬이 가라앉을 듯 울어대던 모습을 생각하니 나 또한 마음이 멀쩡하지 않았다. 정이 들어버린 것이다. 소년은 서울로 올라와 우리집에서 며칠을 지냈다. 먹고 싶은 것을 먹게 하고, 보고 싶은 것을 보게 하고, 친구들 만나는 자리에 데리고도 다녔다. 그러다 소년에겐 흑산도로 내려갈 시간이 다가왔고 나는 더이상 소년에게 뭔가를 해줄 수 없다는 사실이 괴로웠다. 괴로움은 꽤 길게 나를 따라왔다.

그후 나는 아주 긴 여행을 떠났다. 그 바람에 연락이 끊겼다. 오랜 시간이 지나 소년을 찾아도 보았지만 번번이 어려웠고 소년의 주소를 알아서 엽서라도 보내보려 여러 번 시도했지만 소년이 살던 집에는 소년이 살지 않는 것으로 나왔다.

그렇게 그것으로 인연이 끝난 줄 알았다. 그러던 어느 날(그날도 내가 무수히 여행했던 섬들을 헤아려보던 날이었다), SNS를 통해 흑산도가, 그 소년이 그립다는 짧은 글을 올렸는데 누군가가 나에게 말을 걸더니 내가 말하는 소년이 자기가 아는 사람 같다며 조금만 기다려달라고 했다. 그 소년의 막냇동생의 친구였다. 거짓말처럼 연락이 닿았다. 살아 있으니 만나게 된다는 말의 의미가 진하게 전해졌다.

소년은 어른이 되어 있었다. 세상 모두에 거절당한 사람처럼 살아온 날들은 평탄하지 않았고 삶의 고통스런 흔적이 어린 시절의 천진함을 거두어가버렸다. 내가 사는 곳에서 그리 멀지 않은 곳에 살고 있었다면서 한숨을 내쉬는 소년의 표정에는 둔통이 섞여 있었다. 오래된 이야기를 꺼내는 데는 말이나 시간이 필요한 게 아니라 가슴이 필요했다. 소년을 만난 이후로 멍하니 며칠을 보냈다.

소년에게 무엇을 해줄 수 있을까 싶어 여권이 있느냐고 물었다. 무슨 일인지 소년은 주민등록증조차 없다고 했다. 엽서를 쓰려고 주소를 찾아도 찾아지지 않은 이유가 거기에 있었다. 괜스레 묻지 말아야 할 것을 물어서 딱한 사연을 듣고 비극을 읽고 말았다. 그래, 괜찮다. 나역시 진정 그런 붙들림 없이 홀가분하게 살고도 싶었으니. 소년이 나를 데리고 흑산도의 구석구석을 보여주었듯, 내가 어린 소년을 공항에 데려가 처음으로 비행기를 보여주었듯, 미지의 먼 세상을 함께 바라보자는 마음으로 나는 소년에게 여권을 선물했다.

그 선물을 받고 소년이 좋았는지 어땠는지는 모르겠지만 나는 가만히 좋았다. 여권 하나를 더 가진 것만 같았다. 나라 한 군데를 다녀오면서 여권에 도장 하나를 더 받은 기분이었다.

나도　　　세번째
아이

지나다보니 제천의 탁사정이었다. 차를 세운 뒤 슬쩍 웃통을 벗던 지고 물속으로 들어가볼까 싶었는데 다리 위에 소년들이 매달려 있었다. 소년들은 여름의 기운 탓인지 적당한 흥분에 들뜬 채로 반바지나 수영복 차림을 하고 나란히 다리 난간에 기대어 서 있다. 장면으로 보아 소년들은 다리 아래 물로 뛰어내릴 채비를 갖추고 있었다. 나는 구경꾼이 되어 지켜보기로 했다.

한 명은 동영상을 촬영하는 임무를 맡았는지 전화기를 들고 서 있었고 나머지 네 명의 소년들이 물로 뛰어들 차례가 되었다.

첫번째 소년은 사람들의 시선을 의식했는지 주저없이 물속으로 뛰어 내렸다. 굉장한 포말이 일었다 잠잠해졌다. 물속에서 떠오른 첫번째 소년이 자리를 비켜주었다. 다음 순서는 두번째 소년이었다. 두번째 소년은 난간에 서서 목에 핏줄을 세워가며 "미연아, 내가 좋아하는 거 알지?"라며 소리를 친 다음 물로 뛰어들었다. 하나둘 모여든 사람들과 계곡에서 물놀이를 하던 사람들이 소년의 외침을 듣고 일제히 소년들 에게 시선을 고정했다. 세번째 소년의 차례가 되었다.

하지만 세번째 소년은 무슨 일인지 난간을 잡고 서서 몇 번 심호흡만 하더니 뛰어내릴 생각을 하지 않았다. 생각을 하지 않는 게 아니라 뛰 어내릴 엄두를 못 내고 있는 게 분명했다. 친구들이 어서 뛰어내리라 재촉도 해보고 응원의 함성도 질러봤지만 소년은 그대로 얼음이었다. 소년의 얼굴이 소년이었을 때의 내 얼굴과 겹쳐졌다. 사람들이 나를 쳐다보면 아무것도 할 수 없었던 상태의 나는 분명 그 소년처럼 그랬 다. 그 상황에서 새들도, 나무와 돌까지도 일제히 나를 쳐다보는 것 같아 몸과 정신이 한꺼번에 굳은 채 고통이 주입되고 있는 상태.

과연 저 소년은 뛰어내릴 수 있을 것인가. 마음이 체한 것처럼 안 좋 아 애써 외면하려 몸을 돌리는데 등뒤에서 첨벙 소리가 들려왔다. 이 어 네번째 소년의 첨벙 하는 소리도 들려왔다. 나도 모를 큰 한숨이 내 몸에서 삐져나왔다.

제천의 후미진 산골을 떠나 서울의 변두리에 살기 시작한 나는 누가 봐도 내성적인 소년이었다. 그저 희미한 존재였던 한 소년이 살기에 청 량리역 주변의 동네 분위기는 무척이나 거칠었고, 그런 동네 분위기에 걸맞게 거칠고도 위태로운 친구들이 많았다.

그 먼 어느 날, 네 명의 소년이 몰려다니다가 옆 동네에 가게 되었을 때의 일이다. 무엇 때문인지는 모르겠으나, 무엇 때문일 리가 없이 한 아이가 구멍가게에 들어가 과자랑 물건들을 훔치자는 제안을 했다. 두 아이가 들어가 주인에게 말을 거는 사이, 세번째인 내가 따라 들어가 몸으로 안쪽을 가리면 네번째 아이가 가방에 물건을 담아서 나오자는 작전이었다.

그러지 말자고 만류할 틈도 없이 두 아이가 안으로 들어갔고 내 차례가 되었을 때 아까 그 다리 난간에 서서 몸을 움직이지 못하는 소년의 꼴이 되고 말았다. 네번째 아이가 내 등을 떠밀었다. 하지만 나는 가다듬을 무엇이 있어서가 아니라 아예 한 발짝도 움직일 수 없었다. 우리집이 구멍가게를 하고 있다는 사실을 친구들에게 말하지 못했기 때문에 나는 그 자리에서 배신을 택하고야 말았다. 사정을 말하고 그럴 수 없노라고 설득할 수도 있었을 텐데 그냥 도망치듯 달렸다.

좋은 일이 아니어서가 아니라 다른 어떤 일도 그들이 원하는 박자를 맞출 수 없는 아이, 고작해야 내 등을 자꾸 떠미는 네번째 아이가 밉고 원망스러운 아이에 불과했다.

그 일은 그것으로 끝나지 않았다. 간혹 부모님 대신 구멍가게를 지켜야 하는 일이 있었는데 내가 가게를 지키는 그때, 하필이면 네번째 아이가 뭔가를 사러 우리 가게에 들른 것이다. 지나가는 길에 우연히 들렀겠지만 꽤 잘사는 집 아이에게 내가 구멍가게 아들이라는 사실을 말하지 않았다는 게 마음에 걸려서 그 아이의 눈을 바로 쳐다볼 수 없었다. 게다가 그 아이는 공부 못하는 아이와 못사는 집 아이를 이해 못하겠다고 떠들고 다니는 유별난 아이였다. 그럼에도 그 아이와 내가 가까운 처지였다는 게 지금 생각해도 좀 그렇다. 그 아이가 뭔가를 샀는지 기억이 나지 않지만 눈을 마주칠 수 없었던 나의 태도에 그 아이 역시 어떤 반응도 보이지 않고 묵묵히 가게를 떠났던 기억이 있다. 그날 내내 아무 일이 아닌데도 가슴이 멍했다. 뭔가 말하지 않은 사실을 들켜서가 아니라 나를 어떤 식으로든 바라봤을 그 아이의 눈빛이 두고두고 얼룩이 되어서였다.

그 학년을 마치고 새 학년이 될 때까지 그 아이는 나에게 아무런 말도 하지 않았다. 가끔, 아주 가끔 그 아이가 우리 가게에 들러 이런저런 물건을 사 갔다는 사실을 알고 나서도 나 역시 그 아이에게 아무 말도 하지 않았다. 나는 그때 그렇게 오래오래 순서를 바꿀 줄 모르는 세번째 아이였다.

하루만
더 만나고

헤어져요

전화벨이 울렸다. 알 수 없는 낯선 체계의 전화번호였다. 외국에 살고
있다는 당신 아버지였다. 당신 아버지는 대뜸 곧 한국엘 들어가니 만
나자고 했다. 그리고 나를 보기 위해 하루 먼저 귀국할 것이니 하루
먼저 오는 것을 당신에게 이야기하지 말아달라고 당부했다.
그가 도착하기로 한 날 인천공항으로 그를 마중 나갔다. 이런저런 질
문으로 나를 헤집더니 그는 학벌도 수입도 직업도 변변하지 않은 사
람이 자기 딸과 만나고 있다는 사실을 알고는 차 안에다 불편한 기색
을 토하듯 쏟아냈다. 그래서 나는 말했다.

"우린 그냥 친구로 지내고 있어요."

거짓말이었다. 거짓말이었으나 당신의 아버지는 그것을 넘기지 않으려는 듯 잠깐 시간을 내어 이야기를 더 하자고 했다. 꼭 해야 할 말이 있다고 했는데 그걸 차 안에서 하기는 좀 그랬던 것 같았다.

호텔 로비에서 기다리려는데 그의 많은 짐을 모른 체하기 뭣해 그의 방까지 올라가야 했다. 그가 잠시 기다리라 하더니 욕실로 들어갔고 곧 샤워기 물소리가 났다. 아직 그런 사이는 아닌 것 같은데 처음 본 사람을 기다리게 하고 욕실에 들어가 샤워까지 하다니 굉장히 일방적인 사람이라는 생각에 불쾌하기까지 했다. 나는 그 기분을 없애기 위해 호텔방 커튼을 함부로 열어젖힌 다음 창가에 앉아 충전중이던 그의 전화기를 빼고 내 전화기를 꽂아 충전을 했다. 물소리가 끊기자 얼른 전화기를 바꿔 꽂았지만.

그는 욕실에서 나와 마음이 바뀌었는지 커피숍까지 내려갈 필요 있겠냐며 용건을 이야기했다.

"대단한 이야기를 하려는 것은 아닌데, 우리 아이 만나지 마요. 친구 좋죠. 하지만 친구로라도 만나지 말아요. 그래도 정리하려면 만나야 하니까 만나더라도 하루만 만나요."

아, 고작. 겨우. 굉장한 사람임과 동시에 강력한 사람이라는 생각에 소름이 밀려들었다. 무지하고 상스러우며 포악하다는 면에서 그랬다. 게다가 그곳은 처음 만난 사람 둘이 앉아 있는 호텔방이 아닌가. 그가 공부를 많이 한 사람이라는 사전 정보는 너저분한 그의 성품을 더욱 선명하게 해주고 있었다. 누구를 그 먼 곳까지 마중 나가서 그렇게 유쾌하지도 설레지도 않았던 것은 처음 있는 일이었다.

그에게 뒷모습을 남기고는 호텔 주차장으로 이동하는데 대단하게 차려입은 한 무리의 사람들이 주차장에서 올라오고 있었다. 토할 것처럼 기분이 역류했다. 그들이 옆으로 스쳐지나간 것뿐인데 '너는 다른 세계에 사는 사람이라 우리들이 사는 세계를 절대 몰라. 그리고 알려고 하지도 마'라는 소리가 귓전에 들려왔다.

당신과 하고 싶었던 일들이 사무치게 떠올랐다. 당신 아버지의 욕망대로라면 그 일들은 하나하나 차례차례 리스트에서 사라지는 일만 남은 것이다. 여행하다가 어느 읍내에서 열리는 남의 결혼식에 들어가 잔치 음식 축내는 것도 해보자고 했는데, 어느 바닷가에 도착해 조개를 잡아 라면을 끓이는 일도, 아무도 모르는 작은 마을의 허름한 식당 같은 데서 일을 하며 한 일 년간 당신과 살고도 싶었는데……. 함께 하고 싶은 일들이 이렇게나 쌓여 있는데 속물의 지시대로라면 그 하루 만에는 다 할 수 없는 일이 되어버렸다.

하루만 만나고 헤어지라는 말을 할 수 있는 사람이 세상에 존재한다는 사실이 쓰레기 같은 것인지 당신을 더이상 볼 수 없을지도 모른다는 사실이 억울한 건지 아무튼 기분이 이상하리만치 끔찍했다.

게다가 당신은 비린 냄새를 못 맡는 사람인데 그 비린 냄새는 누가 다 치워줄까. 또 당신은 서류의 작은 빈칸 채우는 것을 그렇게 싫어했는데 그 일은 누가 대신해줄까.

내가 당신을 볼 수 있는 시간은 단 하루뿐이겠지만 당신을 볼 수 없는 날들은 영원할 거라는 이 불안, 이 불충분, 이 불가능.

나는 당신에게 전화를 걸어 어디 멀리로 여행을 가자고 했다. 영문도 모른 채 급작스런 제안에 몸을 젖혀 웃는 것처럼 한바탕 웃더니 당신

이 물었다. 어디를 갈 거냐고. 나는 그건 하나도 중요한 게 아니라며 만나서 결정해도 된다고 말했다.

아마도 당신 아버지가 당신에게 도착했다고 전화를 걸어 반가운 목소리로 저녁을 먹자고 하면 당신은 당신이 더이상 이곳에 없다는 사실을 그에게 알리게 될 것이다. 그리고 나와 함께 멀리 어딘가로 가고 있다고 말할 것이다. 그러면 나는 당신 옆에서 어딘가로 가고 있는 게 아니라 사라지고 있는 거라 똑바로 말하라고 속삭일 것이다.

전화를 끊고 삐딱한 마음이 조금 나아지는 것 같았다. 입가에 미소가 번지면서 잇달아 날개가 펼쳐지고 있음을 느꼈다. 원래의 우리 인간은 가능한 범위 안에서 비겁할 수도 있겠지만 당신 옆에서만큼은 비겁하게 있고 싶지 않아서였다. 내 사랑은 그랬다.

그토록

무섭고도
지랄맞은
꽃

산골 출신인 나는 일찍 도시로 올라왔지만 방학이면 시골에 내려가
지냈는데 먹을 것이 귀한 때였던지라 산에서 나는 것, 개울에서 자라
는 것들을 열심히 먹고 다녔다. 그 여름에도 동네 아이들과 우르르 산
에 올라갔다가 찔레꽃 새순을 보고는 서로 먹겠다고 다퉈 경쟁을 했
던 모양이다. 나와 동갑이었는지 한두 살 위였는지 했던 여자아이가
나를 슬쩍 밀길래 나도 몸으로 대거리한다는 것이 그만 여자아이가
비탈로 휩쓸려 내려갔다. 그 바람에 가시넝쿨에 쓸려 이마가 까지는
사고가 생겼더랬다.

그날 저녁 이 사실을 알고 여자아이의 어머니가 여자아이를 데리고 할아버지 댁으로 찾아와 흉터를 보이며 "나중에 시집 못 가면 네가 데리고 살아야 한다"고 호되게 야단을 치고는 돌아갔던 일이 있었다. 마침 성아 이야기가 나온 김에 대화가 찔레꽃으로도 옮겨진 거였는데, 나로서는 그 일이 미안하기도 하고 그 일이 잊히지 않기도 해서 꺼낸 참이었다. 그런데 앞에 앉아 내 이야기를 듣던 충청도하고도 충주 땅 달천강가 어느 민박집 젊은 주인은 뭐 그까짓 일을 여태껏 마음에 두느냐 하고는 이내 자기 이야기를 들어보라 했다.

소주 세 병을 나눠 마시고 방에 들어가 자겠다는 나를 붙들고는 어딘가 숨겨놓은 소주를 더 꺼내왔으니 어둑할 대로 어둑하고 밖에는 산새 소리가 간간이 스며 들리는 그런 한밤중이었다.

쌍둥이 형이 하나 있노라고 젊은 주인이 먼저 말을 꺼냈다. 그가 하도 작게 이야기를 시작하는 바람에 피워놓은 모닥불 기운은 어디론가 사라져 오간 데 없고 차곡차곡 주위의 서늘한 어둠이 몰려드는 것 같았다. 형은 자기와는 달리 뭐든 다 잘하는 인간이었다고 했다.

"공부면 공부, 운동이면 운동, 못하는 게 없었어. 생긴 건 똑같은데 나하고는 영 딴판으로 태어난 거여. 사람들이 가만두질 않았던 거지. 형하고 나를 같이 놓고 비교하기 시작하는데 그것처럼 듣기 싫은 소리도 없드라구. 난 형이 없어졌으면 하고 바랐어. 왜 내가 그런 소릴 듣는지, 왜 쌍둥이로 태어났는데 나만 모자라게 태어난 건지 분하고 원통했던 거여. 나를 괴롭힐라고 하나가 아닌 둘을 맹근 거 같았어. 사람들이 나한테 와서 칭찬을 하는 때도 있었지만 그건 순전히 내가 형인 줄 알고 그러는 거였어."

어느 축축히도 더운 여름날 밤이었단다. 동네 형들하고 멱을 감으러 강가로 나갔다. 호롱불을 들고 앞장을 섰던 큰형뻘인 누군가가 넘어지는 바람에 호롱불을 감싼 유리가 깨졌고 더이상 불빛을 쓸 수 없게 되자 그냥 달빛에 의지해 가던 길을 계속 갔다고 했다.

일이 터진 것은 그 밤에 무슨 일로 그토록 물이 불어난 것인지조차 감지하지를 못하고 몇몇이 뛰어들었는데, 그만 히나가 물살에 휩쓸리자 또 한 사람이 그 사람을 잡으려 물속으로 뛰어들었고, 마침내 형이 그쪽 가까이로 갔다가 세 사람이 한꺼번에 엉키고 가라앉는 큰일이 벌어졌다고 했다.

"쌍둥이는 아무리 사이가 안 좋아도, 아무리 무슨 일이 있어도, 그런 일이 생기면 생길수록 머리에 힘이 나고 눈에 불이 들어오는 법이여. 내가 뛰어들려고 했는데 이러다간 모두 죽겠다 싶어 길고 가느다란 버드나무 가지를 몇 개 꺾어다 힘껏 던졌지. 나는 나무에다 몸을 고리처럼 걸고는 사력을 다해 팽팽하게 잡아당겼어. 어찌어찌해서 두 사람은 나왔는데 어떻게 된 게 형은 맨 마지막까지 물속에 남아 있는 거여. 수영을 못하는 형이 아니었는데 그 형들을 물 밖으로 밀어내느라 진이 빠졌는지 못 나오고 허부적대고 있었던 거여. 내가 다시 나뭇가지를 던졌지. 형아, 이거 잡아. 소리치면서 말이여. 근데 그다음엔 어떻게 됐냐 하면 말이여. 그 순간 형이 없어졌으면 하고 바랐던 생각에, 그만, 형이 간신히 붙든 그 나뭇가지를 그냥 놓아버렸어. 내 앞에서 잘난 척만 하는 형아. 제발 그만 좀 없어져라, 하면서 말이여."

젊은 주인의 얼굴이 번들번들해진 것은 눈가에 번지는 파르르한 기운이 옮아갔기 때문이었다.

다행스러운 건 그가 들려주었던 이야기가 비극적으로 흐르진 않았다는 것이다. 바로 그때 그의 눈앞에 형이 우뚝 서 있었다. 손에 나뭇가지를 감고 구출된 형이 동생을 끌어안고 울며불며 감격에 겨워했다. 그도 마찬가지로 형의 품에 안겨 울었지만 울었던 이유가 형과 같지는 않았다. 일단 그 상황이 무서웠던 것이다. 동생은 나뭇가지를 내팽개쳤다고 생각했지만 실제로는 팽팽하게 나뭇가지를 당겨 형을 구출해낸 것이다.

머릿속에선 용암이 튀는데 심장은 차마 그러라 명령할 수는 없었던 것. 그리하여 그 순간에 먹은 마음이 평생 죄로 남아 있는 것. 나에게 처음 들려주는 이야기라니 그간에 이 이야기를 아는 누구에게 할 수는 없지 않았겠는가 말이다.

어쩌면 그렇게 우리의 내부에는 그토록 무섭고도 지랄맞은 꽃이 자라고 있는가. 빛깔은 날카롭고 향은 진하디진한 그 꽃의 씨앗은 어디로부터 스며들었단 말인가.

어깨에 내려앉은 밤의 습기가 우리 두 사람 내부까지 적시는 것 같았다. 두 사람이서 젖은 마음을 말리느라 오랫동안 모닥불을 바라보고 앉아 있어야 했던 어느 늦가을의 깊은 밤이었다.

내
여행가방에
붙어 있는

다른 사람
이름

몇 년에 한 번은 나에게 여행가방을 선물한다. 부실한 여행가방을 들어야 했던 시절, 그러니까 가난한 여행자였던 시절, 몇 번의 환승을 거친 끝에 목적지 공항에 도착했지만 지퍼 고장으로 가방이 사정없이 열려 가방 속 짐들이 들것 같은 바구니에 뒤죽박죽으로 실려 나온 적이 있었다. 그때 그걸 쳐다보는 사람들의 시선과 가방에서 쏟아져나온 너저분한 짐들의 표정을 보면서 고작 느낀 감정이란 게 슬픔이었다. 그래, 나는 그때 슬퍼서 당장의 꿈이 방탄 기능을 갖춘 여행가방을 갖는 거였다.

그러다 어느 여행지에서 가방 하나를, 반듯반듯 각이 졌고 색깔도 초록색이었으며 바퀴도 두 개 달렸고 브랜드 이미지도 좋은 가방을, 50퍼센트 세일을 하기에 얼른 사버렸다. 여행할 때면 가방만 바라보는 것으로도, 여행을 하지 않을 때에도 가방을 바라보는 일이 괜히 좋았다. 문제는 그 가방을 끌고 다니는 사람이 적지 않다는 거였다. 무엇보다 같은 가방을 든 사람을 보면 깜짝깜짝 놀랐다. 나를 끌고 어디론가 가는 사람을 목격하는 것처럼 기분이 영 그랬다. 모든 공산품은 세상의 사랑을 한몸에 받기 위해 만들어지겠지만 그렇다 하더라도 똑같은 옷을 입은 사람과 마주쳤을 때하곤 또다른 느낌이다.

공항에서 짐을 찾은 다음에는 집으로 향하기만 하면 휴식으로 골인할 수 있으니 짐을 찾는 과정은 상당히 중요한 여행의 마지막 일이 된다. 여행가방을 집으로 데리고 들어와 열지도 않은 채 한쪽에 세워둔 다음, 이코노미석에 한껏 시달린 몸을 누이는 것이야말로 여행이라는 의식의 종료지점일 테니 말이다.

한데 집 앞 버스정류장에 도착해 공항버스 기사가 짐칸에 실은 가방을 내게 인도하는 과정에서 그 가방이 내 가방이 아니라는 사실을 알게 되었다. 내 이름이 붙어 있어야 할 수하물표에 일본 사람 이름이 붙어 있었다. 난 처음에 그것이 사람 이름이 아니라 어떤 문자의 조합처럼 보여서 내가 떠나온 도시의 공항 이름인가도 했다. 가방이 바뀐 것이다. 언젠가 한 번쯤은 일어날 수도 있는 일이 닥쳐버린 것이다.

내 가방이 걱정되었다. 가방을 비밀번호로 잠가 단속하지 않았다는 사실이 떠올랐다. 그 안의 궁색하면서도 잡다한 물건들도 떠올라 나는 그만 얼굴이 벌게졌다.

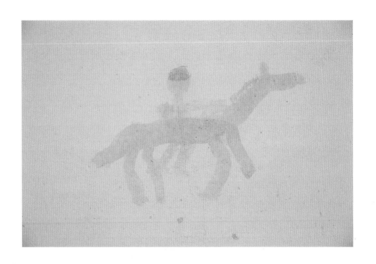

집에 도착해 한숨을 쉬면서 가방을 가만히 바라보았다. 아무리 봐도 내 가방하고 똑같이 생긴 가방이었다. 혹시 수하물표가 잘못 붙여진 게 아닐까 싶어 열어보려 했으나 다른 사람의 가방은 굳게 잠겨 있었다.

가방이 바뀌었다는 사실을 늦게나마 그도 알고 있을까. 그가 내 가방을 열어본다고 해도 내 신상을 추적할 만한 단서들은 들어 있지 않을 것 같았다. 그럴 만한 것들은, 수첩과 지갑과 노트북과 카메라는 항상 하나의 배낭에 따로 넣고 다니는 편이니.

이 사람의 가방 속엔 연락을 취할 수 있는 뭔가가 들어 있을 듯해 어떻게든 가방을 열어야겠다 싶었다. 문제는 비밀번호였다. 777. 아니었다. 123도 아니었다. 333도 아니고. 숫자에는 그 어떤 재능도 없으면서 나는 열렬히 숫자에 집착하기 시작했다.

그때 머릿속이 가지런히 배열되는 느낌이 들면서 하나의 숫자 조합이 떠올랐다. 공장에서 나올 때 모든 가방의 잠금장치는 000으로 맞춰져 있으며 구입 후에 자신이 원하는 번호로 세팅할 수 있다는 사실을 공교롭게도 이 가방을 사기 위해 많은 가방 가게를 돌아다니며 알고 있던 터였다.

혹시나 싶어 0이라는 숫자 세 개를 나란히 맞췄다.
철컥 하면서, 경쾌하게 잠금장치가 풀리는 소리가 들렸다.

만약　　　　누군가를

사랑하게
되거든

만약 누군가를 사랑하게 되거든.

많이 먹지 말고 속을 조금 비워두라.

잠깐의 창백한 시간을 두라.

혼자 있고 싶었던 때가 있었음을 분명히 기억하라.

어쩌면 그 사람이 누군가를 마음에 둘 수도 있음을,

그리고 둘 가운데 한 사람이

사랑의 이사를 떠나갈 수도 있음을 염두에 두라.

다 말하지 말고 비밀 하나쯤은 남겨 간직하라.

그가 없는 빈집 앞을 서성거려보라.

우리의 만남을 생의 몇 번 안 되는 짧은 면회라고 생각하라.

그 사람으로 채워진 행복을

다시 그 사람을 행복하게 함으로써 되갚으라.

외로움은 무게지만 사랑은 부피라는 진실 앞에서 실험을 완성하라.

이 사람이 아니면 죽을지도 모른다는 예감과 함께 맡아지는

운명의 냄새를 모른 체하지 마라.

함께 마시는 커피와 함께 먹는 케이크가

이 사람과 함께가 아니라면 이런 맛이 날 수 없다는 사실을 인정하라.

만날 때마다 선물 상자를 열 듯 그 사람을 만나라.

만약 누군가를 사랑하게 되거든.

가슴에

명장면
하나쯤

간직하기
위해

여행을
떠납니다

두 사람은 기차에서 만났습니다.
여자는 몸이 조금 불편했고 남자는 무심했습니다.
모르는 사이니 괜찮습니다.
남자와 여자는 여자와 남자는
기차에서 조각 같은 이야기를 나누었습니다.
이야기는 더 이어지지 않았고 기차에서 내릴 때
남자가 여자를 조금 도와준 것을 마지막으로 두 사람은 헤어졌습니다.
흐르는 시간도 흐르는 풍경도 여행자라서 괜찮았습니다.

여자와 남자는 숙소에서 다시 만났습니다.
우연이었습니다.
다시 만난 것은 처음과는 달랐습니다.
남자는 여자의 눈 입자만큼 각진 인생 이야기를 들었고
남자는 여자가 만든 뜨거운 감자 수프를 나란히 나눠 먹었습니다.

세상에서 가장 좋아하는 단어가 무엇인지 물었습니다.
세상에서 가장 사랑하는 사람이 누구인지 물었습니다.
세상에서 가장 힘들게 했던 시간의 냄새도 떠올렸습니다.

주관적인 모든 것들은 사이를 두고 객관화되었습니다.
두 사람은 같은 기류 속에 있어서 같았고
지금 존재하는 모든 것을 고스란히 담아 떠날 수 없다는 사실이
또 달랐습니다.

두 사람은 다시 헤어져야 합니다.
여행자이기에 그쯤이야 괜찮을 것이었습니다.

여자가 가방을 끌고 길을 나섭니다.
밖에는 눈이 내리고 있었습니다.
남자가 2층 창문을 열고 발코니에 나와 서서 손을 흔듭니다.
여자는 주섬주섬 가방에서 카메라를 꺼내
남자의 손 흔드는 모습을 찍었습니다.
남자는 여자에게 잠깐만 기다리라 했습니다.
이번에는 남자가 자기 카메라를 가져와
오래 손 흔드는 여자의 모습을 찍었습니다.

우산처럼 기억될 것입니다.
멀어지지만 괜찮을 것이었습니다.

막힘없이

동쪽으로
달렸다

제주항에 내려 차 한 대를 빌린 다음 동쪽을 향해 달리고 있었습니다.
두 명의 남녀가 길가에 서서 지나가던 차를 세우고 있었지요. 외국인
들이었습니다. 차를 세우니 저쪽에서 우르르 몰려나오는데 모두 다섯
명이네요. 마구 욱여서 태웠습니다. 어디를 가는 길이냐 물으니 우도에
간다고 합니다. 우도가 좋으냐고 물어오길래 꼭 가봐야 할 곳이라고 합
니다. 꼭 가봐야 할 곳이 더 있느냐고 물어서 숲과 오름 한두 군데는 꼭
다녀오라고 했습니다. 터키, 멕시코, 폴란드, 아일랜드, 브라질에서 왔
다고 합니다. 모두 내가 좋아하는 아름다운 나라에서 왔네요, 라고 말

했더니 차 안에서 환호와 박수가 터집니다. 그들은 대구의 한 대학에서 연수 프로그램에 참여하는 중이라고 했고 지난밤에는 텐트에서 하룻밤을 춥게 보냈다고 했습니다. 삼십여 분 남짓 차 안에는 알 수 없는 술렁임과 난데없이 도착한 인류애가 넘쳐납니다.

친구들은 나에게 시간이 있으면 우도에 같이 가지 않겠냐고 합니다. 나도 모르게 바쁘다는 말이 튀어나왔네요. 적당히 받아넘기지 못하고 거참, 제주까지 와서 습관처럼 바쁘다는 말을 해버렸습니다. 여행 왔다면서 무엇 때문에 바쁜 거냐고 폴란드 친구가 묻습니다. 왜 바쁘냐 하면 말입니다. 지난번 제주에 와서 한 부부를 사귀었는데요. 친구 부부가 안 쓰는 작은 방에 벽지도 새로 바르고 청소도 하고 새 이불도 깔아놓았으니 오늘은 집에 와서 자라고 해서지요. 오늘은 바쁘고말구요. 꾸며놓은 방은 어떤 방일지 두근두근도 하고 집에 와서 자라는 마음들은 얼마나 아름다운지 지금 만나러 가야 하기 때문이지요.

달빛이

못다 한
마음을

비추네

낯선 전화번호를 통해 부음을 들었다.

"기억 못하실 것도 같은데 문경에 사는 김 아무개 씨가 저희 아버님이
세요. 한 십 년 전에 아버지를 만난 적 있으시다구요."

더듬더듬 한참 뒤로 시간을 돌렸다. 아, 그분. 그분을 떠올리는데 잠
깐 사과 향이 스쳤다. 그분이 돌아가셨다고 했다.

"연락을 드려야 하나 많이 망설였는데 그냥 연락이라도 해보라고 형님
들이 하도 그래서……."

오래전 여행길, 산에서 내려오던 길에 한 어르신을 만난 적이 있었다.

사과밭 앞에서 사진을 찍다가 저.안쪽에서 지게에다 사과를 지고 나오는 모습을 마주했던 기억이 되살아났다. 그런데 그곳이 봉화가 아니라 문경이었다.

부음을 들은 그 밤, 눈을 조금 붙이고 첫 기차에 올랐다. 밤사이 비가 왔나 싶게 떨어진 가을잎들이 길바닥에 납작 붙어 있었다. 문상 가는 김에 인사를 마치고 가을산에나 들렀다 오자는 마음이었다.

장례식장에 들어서자마자 상주들과 눈을 마주치기도 전 다리에 힘이 풀렸다. 그 여행에서 돌아와 사진 몇 장을 인화해 보내드린 적이 있었다. 십 년도 더 된 일이었다. 하필 그 사진이 영정사진으로 모셔졌으며 그 속에서 어르신은 아무려나 활짝 웃고 있었다.

노인은 일본 사세보(佐世保)에서 태어났다고 했다. 나도 가본 적이 있다고 했고, 가본 이유를 물으시길래 그냥 이름이 주는 어감이 좋아서라고 했다. 그것을 첫 단추로 하여 어르신과 나는 이런저런 이야기를 나누었는데, 사세보에 가봤다는 말에 굉장한 호감을 표했던 어르신이었다. 사세보에서 자랐을 때 배웠다는 일본 동요를 뜻도 거의 모른다고 하시며 불러주셨던, 어르신의 취기를 보다 못한 아내가 툇마루에 나와 구시렁거렸던 그 저녁이 떠올랐다.

맞다. 막걸리를 몇 사발 얻어 마시고 안주로 사과를 먹었었다. 입안을 말끔히 헹궈주던 그 사과즙의 향을 한동안 잊을 수 없었다.

슬하에 자녀가 많았다는 것은 기억에 있지만 그렇게까지 많을 줄은 몰랐다. 일곱이었다. 맏상주가 먼저 입을 열었다.

"아주 가끔 이선생 이야기를 꺼내곤 하셨어요. 사진도 보내주셨다고

고마워하셨고, 또 인상에 많이 남는다고 하셨어요. 돌아가시기 전에 한번 만날 수도 있을 거라 말씀 많이 하셨는데, 워낙 시골 사시는 분 형편이 그렇잖아요."

맏상주의 말은 그대로 받아적을 수 없을 정도로 억센 경상도 말이었다. 왜 나를 만나고 싶어하셨던 걸까. 나 또한 다시 만나지 못할 거란 생각을 했던 것도 아니었지만 말이다.

"저희에게 책을 사다달라고 하셨어요. 드문드문 나오는 이선생 책들을요. 이선생 책을 다 가지고 계신답니다."

조문을 마친 나는 이른 아침부터 소주 몇 잔을 마시고 상가를 나서면서 산에 다녀오겠다고 말했다. 그리고 저녁 무렵 다시 한번 상가에 들러 인사를 드리고 밤 기차로 올라가겠다고 했다.

산은 단풍으로 고왔다. 산에 오르면서 내려오면서 산마을에 억실억실 매달린 사과들을 보면서 어르신을 만난 것이 어느 해 이 무렵이었겠구나 싶어 마음이 조금 서걱거렸다. 사세보라는 곳을 아는 사람이, 거길 가본 사람이 아마 한국에서 내가 처음이라고 하셨던 것 같다. 어르신에게 어떤 이야기를 들었는지는 난 거의 잊었지만 어르신은 술이 얼큰해지면 고향 생각에 가끔은 내 이야기를 꺼낸 것일 게다.

가을산에서 내려와 장례식장에 도착했을 때 막내아들이 차에 시동을 걸고 있었다. 어디 가는 길이냐고 물으니 내일 발인 때 쓸 이것저것을 챙기러 집에 가는 길이라고 했다. 막내아들이 내게 물었다.

"같이 가보실래요? 아버지 사시던 집예요?"

나는 생각할 것도 없이 차에 올랐다. 마을에 다다르자 그때의 기억이 또 사뭇 달려들었다. 아들이 집을 뒤져 주섬주섬 뭔가를 챙기는 사이

나는 이곳저곳을 서성거리면서 생각했다. 혼자 되신 지 오래되었다는
데도 참 단정하셨구나. 그래도 참 쓸쓸하셨겠구나.

나는 그 집이 주는 기운이 좋아 한참을 그렇게 서성거리고 있다가 마
루 끝에 앉아 저녁의 산기운이 내려앉기 시작하는 과수원을 내려다
보고 있었다.

"오늘 올라가지 마시고 내일 올라가셔도 되면 그렇게 하세요. 뭐, 바쁘
신 분이 여기까지 와주신 것만 해도 우리는 억수로 고맙지만서도예."

"뭐 바쁜 일은 없지만……"

나는 서둘러 입장을 정리하고 말했다.

"그래도 되면 제가 여기서 자고 가도 되겠습니까? 내일 아침에 택시
한 대를 보내주시면 장례식장에 가서 발인을 보도록 하겠습니다."

아들이 말했다.

"주무시는 거야 저는 뭐 괜찮지만서도 저녁도 드셔야 되고, 그게 걱정
이네예."

"저녁이야 사과들이 저렇게 널려 있는데요. 저기 소주도 좀 있고."

아들이 활짝 웃었다. 무엇보다 나를 조금 알겠다는 눈치였다.

"형님들 알면 혼자 계시게 했다고 걱정하실 것 같은데, 그래도 제가
잘 말씀드려놓을게예."

그는 시동을 걸면서 한 번 더 물었다.

"정말로 괜찮겠심니까?"

나는 안심하라는 뜻으로 엄지손가락을 올려 세웠다. 빈집이라 뭐 훔
쳐갈 것도 없으니 내일 아침 나올 때 집단속은 안 해도 될 거라 말하
며 그가 떠났다. 아버지를 닮아 저토록 세심한 아들.

저녁이 오고 있었다. 누가 뭐래도 나는 이곳에서 그 어르신과 마지막 밤을 보내며 그를 보내드릴 것이다. 한 번 가랑잎 스치듯 맺은 인연이다. 그 정에는 사과 향도 배어 있고 다시 만날 수 없는 미안한 마음도 들어 있으니 못다 한 마음 잘 접으면 되겠다. 나는 그 한 사람이 태어난 곳에도 가보았고 이렇게 죽은 곳에도 있어보질 않는가.

소주를 마시고 과수원에서 잘 익은 사과를 두 개 따다가 베어먹었다. 유별난 달빛도 그날의 모든 분위기를 거들었다. 일찍 잠을 청할까 싶어 어르신이 쓰던 것처럼 보이는 이불을 깔았다. 그 자리에 쉬이 눕지 못하고 대신 방문을 열었다. 달빛이 환하게 들이치면서 뭐라 말을 거는 것 같은데 나는 알아듣지 못했다.

매일

기적을
가르쳐주는

사람에게

사람은 그 자체로 기적이에요. 사람이 사람을 만나고, 마음 안에 그
한 사람을 들여놓는다는 것은 더 기적이지요.
사람은 혼자 살아갈 수 없다는 사실 또한 황홀합니다. 혼자서는 결코
그 어떤 꽃도 피울 수 없다는 것도 황홀입니다.
우리가 기대는 것은 왜 사람이어야 할까요. 왜 사람을 거쳐서 성장하
고 우리는 완성되어야 할까요. 혼자여서 불안한 것은 마땅히 이해되는
불안이지만 옆에 아무도 없어서 불안한 것은 왜 그토록 무서운가요.
나는 세상 모든 관계를 사랑으로 풀려는 사람입니다. 사랑이 밑에 깔

려 있으면 안 되는 일이 없고, 얼굴 붉힐 일도 마음이 뭉치는 일도 없어지거든요. 일도 사람도 사랑한다고 주문을 걸고 사랑을 앞세우면 일도 사람 관계도 나아지는 것을 수도 없이 목격했습니다.

하지만 내가 지금 당신에게 전달하고픈 마음은 그렇고 그런 사랑의 감정이 아니라 인생에 몇 번 올까 말까 한 감정임을 알아주세요.

가능하면 사람 안에서, 사람 틈에서 살려고 합니다. 사람이 아니면 아무것도 아닐 것 같아서지요. 선뜻 사랑까지는 바라지 않지요. 사랑은 사람보다 훨씬 불완전하니까요. 아, 불완전한 것으로도 모자라 안전하지 않기까지 하네요, 사랑은.

사람만 보고 살려고 하는데 그것도 어렵지요. 사람 냄새 참 좋은데, 사람 냄새 때문에 사람답게 살고 있는데 결국은 사람 냄새 때문에 골병이 들지요. 결국 우리는 아무도 없는 곳으로 숨으려 하지만 사람이 없는 곳에서의 삶, 그게 어디 가능하기나 한가요. 우리는 사람이 그리워 사람 없는 그곳을 탈출하고 맙니다.

나는 대중적으로 압도하는 풍경 앞에 서서 사진 찍는 일을 하지 않습니다. 한 번 본 것으로 강렬했다면 그것은 사진보다 오래 남는 법이지요. 차라리 그게 영원할 수도 있지요. 마찬가지로 좋은 사람과도 함께 사진 찍고 싶지가 않아요. 좋은 사람이라는 사실은 오래가지 못할 거라는 불안을 포함하고 있고 나중에라도 그 좋은 사람과 같이 찍은 사진을 보는 순간 감정이 그전 같지 않으면 어떡하나 무서워서 그래요.

하지만 이 모든 불안과 실망들이 당신 앞에서는 아무 일도 아닌 게 되었어요. 당신으로 잘 살 수 있고 당신으로 잘 일어날 수 있어요.

사람으로 우리는 집을 지어요. 강렬한 사람에 대한 기억을 가져다 뼈대를 짓고, 품이 넓은 사람에 대한 기억을 가져다 지붕을 올리고, 마음이 따뜻했던 사람에 대한 기억을 데려다 실내를 데웁니다. 좋은 사람을 만나지 못했다는 것은 인생의 중심을 받칠 만한 사건이 없다는 것이지요. 그것으로 지은 집은 바람에도 약할뿐더러 곧 녹아내리지요. 그러니 눈을 감지는 말지요. 그건 세상과 친해지지 않겠다는 이야기니까. 세상은 그런 당신에게 아무것도 보여줄 게 없어요. 아무것도 보지 않겠다고 눈을 감은 당신에게, 세상은 사람한테로 나 있는 계단을 내줄 수 없어요.

누구에게나 아름다운 시간은 있습니다. 당신에게도 나에게도 새에게도 나무에게도. 모두에게 아름다운 시간은 있는 법입니다. 아무리 별 것 아닌 풍경이고 시간이라 해도 다시는 반복되지 않을 것이기에 그 것만으로도 충분히 아름다운 시간입니다.

사람이 그래요. 다시는 만날 수 없을 것 같고 다시는 볼 수 없을 것 같아서 그것만으로 아름다운 사람.

나에게 그만큼인 사람이 바로 당신입니다. 물이 닿은 글씨처럼 번져버릴까, 혹여 인연이 아닐까 나는 목이 마르고 안절부절입니다. 부디 내 옆에 있는 사람이 되어주세요. 이 간절함으로 그래도 된다면 당신을 세상에 고소할 것이고, 나는 세상이 당신을 가둬놓은 아름다운 감옥으로 이사할 겁니다.

그러니 내가 밑줄 친 사람이 되어주세요. 어떤 일이 있더라도 감히 당신에게 그어놓은 그 밑줄을 길게길게 이어갈 것입니다.

봄이
왔는데

당신이
가네요

1.

아침 공기는 팽팽했다. 간밤에 비가 조금 내린 듯 거리는 얼룩져 있었다. 역에 도착하자마자 기차 출발 시간을 알리는 방송을 듣고 빠른 걸음으로 기차에 올랐다. 두어 달에 한 번쯤 강연을 핑계삼아 기차를 타고 지방에 내려가는 길. 창가 자리에 앉아 내다보는 계절의 민낯들은 책상에 앉아 차례차례 이어갈 조각들이 되기에 충분해서 좋았다. 기차를 타면 오랜만에 시인이 된 것도 같았다.

강연을 하는 동안 가장 편한 시간은 질문을 받을 때였다. 세상의 많은 질문 앞에 서는 것, 그것은 판독하기 불가능한 내 자신과 불완전한 세상의 상태에 시비를 거는 열쇠이자 잠금장치이기도 했다. 만약 질문하는 사람이 없다면 아무것도 하지 않은 기분이 들 것 같았다.

왜 어쩌다 글을 쓰게 됐냐는 질문을 받으면 편지 이야기를 했다. 어렸을 적 나는 정말이지 이상할 정도로 편지를 많이 쓰는 아이였다. 말하는 것이 서툴렀고 아무 일도 아닌 일에도 얼굴이 자주 빨개지는 소년이었으므로 그것이 쉬워서였다. 무슨 말을 하려고 할 때면 온몸을 타고 오르는 축축함 같은 것들 때문에 하도 말을 더듬거려서 말을 하지 않는 쪽으로 자신을 몰고 갔던 아이는 차라리 펜과 종이를 택했다. 만약 그마저 선택할 수 없었다면 그만큼이나 불행했을 거였다. 그런 아이가 있다니 주변의 아이들은 한 통쯤 내가 쓴 편지를 받아보고 싶어했고 써야 할 편지를 쓰지 못하는 경우엔 나에게 대필을 부탁하기도 했다. 편지를 잘 쓰고 싶어서 여러 책들을 곁에 두었고 필체도 점점 나아져갔다. 판서를 싫어하는 교사들은 나에게 판서를 시키는 일이 잦았으므로 공책은 듬성듬성 비어갔다.

2.

기차가 곧 전주에 도착한다는 안내방송이 들렸다. 역에 도착했다고 마중을 나오기로 한 사서에게 문자를 보내고는 배낭에서 카메라를 꺼내들고 내렸다. 강연 관계자들은 메고 다니는 배낭을 보고는 항상 "여행 오신 분 같아요" 했다. 그럴 때면 늘 "여행 온 거 맞습니다"라고 대답하곤 했다. 간단한 옷가지들과 작은 카메라가 들어 있는 크지도 작지도 않은 배낭을 들고 집을 나설 때면 기분만큼은 늘 먼길 떠나는 사람이었다. 강연을 핑계로 내려갔던 길 어딘가에서 하룻밤을 자고 오는 것, 되도록 그것을 책상에 앉아 있는 것보다 몇 배쯤 나은 가치라 믿었다.

도서관 강당은 계단식이었다. 경사가 심해 스키장의 상급자 코스를 떠올리게 했다. 조명이 켜지자 서재로 꾸민 듯 보이는 무대가 모습을 드러냈다. 책상도 있고 책상 위에 스탠드 불빛도 있었고 그 뒤로 낮은 책장도 하나 세워져 있었다.

마침 그날은 어르신들이 도서관으로 한글을 배우러 오는 날이라는 대화를 엿들었는데, 아닌 게 아니라 고등학생부터 할머니까지 꽤 다양한 연령대의 사람들이 모여 있었다. 지금 이 공간 안에서만큼은 학생 신분이어서 그런지 할머니들의 모습은 어딘가 모르게 앳되고 풋풋한 태도를 띠고 있었다. 글을 배우기엔 지나간 나이. 글을 쓰기엔 넘치는 나이. 이제는 그런 나이.

도서관 사서가 오늘의 강연이 시작되기 전에 작은 무대를 마련했다면서 할머니 한 분을 소개했다. 오늘 같은 봄날에 어울리는 무대가 될 거라는 말도 빼놓지 않았다.

"오늘 오프닝 무대에 서실 분은 우리 도서관에서 진행되고 있는 한글학교에서 한글을 배우시는 할머님이세요. 글을 익힌 지 약 일 년 반이 됐는데, 요즘은 시 쓰는 일에 한참 재미를 붙이신 분이랍니다. 중급반에서도 제일 열심히 공부하는 분이라고 전해들었습니다. 오늘을 위해 직접 쓴 시 한 편을 낭송하실 거라고 하는데요. 직접 무대에 모셔서 시 낭송을 들어보겠습니다."

할머니가 무대에 올라 떨리는 손으로 안경을 꺼내 썼다. 한 손에 들고 있던 파일 같은 것에서 시가 적힌 종이 한 장을 꺼내들자 기타 음악이 나지막하게 흘러나왔다.

동백이 피었는데요
봄이 가네요

내 마음이 피었는데
조금만 머물다 봄이 가려고 하네요

나에게도 글씨가 찾아와서
이제는 편지를 쓸 수 있게 됐는데

봄이 왔는데요
당신이 가네요

나도 모르게 눈을 감았고, 그리고 어느 순간 번쩍 눈을 떴다. 아름다운 장면 하나가 정수리를 뚫고 지나가고 있었다. 이토록 밑바닥까지 푹 가라앉게 하다니, 할머니가 큰일을 내셨구나 싶었다. 누군가의 부축을 받지 않으면 홀로 무대 계단을 오를 수도, 홀로 내려올 수도 없는 다리를 가진 종잇조각 같은 노인을 우연히 마주쳐, 그 시에 마음을 베였다.

강연의 끝인사를 마치고 어디로 가야 할지 모르는 길을 나섰다. 그냥 기차를 타야겠다는 생각만 머릿속에 맴돌았다. 올 때처럼 기차를 타겠지만 왔던 곳으로 향하는 기차를 타지는 않을 거라는 생각만으로 어둑어둑해진 도서관 계단을 내려왔다.

담배 한 대를 피우고 싶었다. 도서관 마당 한쪽으로 화단 같은 것이 보였고 그쯤이면 좋을 것 같아 성냥을 그어 간절히 담배에 불을 붙였다. 내 정수리에 초승달이 비추고 있었다. 달은 양끝에다 칼날을 매달고 있었다.

3.

역전까지 태워다주겠다던 사서의 호의를 거절했던 것이 잘못이었다 싶을 정도로 나는 도서관에서 빠져나갈 도로의 방향을 더듬는 데 당장 자신이 없었다. 그때 어디선가 작게 말소리가 들렸다.

"어디 가시는데요?"

여자의 음성이었다.

"역까지 가려구요."

"역에 가실 거면…… 택시 타실 건가요?"

나는 그럴 거라고 말하고는 여자에게 "혹시 아까 도서관 행사에 계셨던 분이세요?"라고 물었다. 제대로 길을 물어볼 참이었다.

"네, 맨 앞에 앉아 있었는데요."

푸근한 인상이었다. 나는 그녀에게 길이 두 개가 보이는데 어느 길이 맞는지, 건너서 택시를 타야 하는 건지 아니면 안 건너고 타도 되는지를 물었다.

"건너서 타야 하는데 지금 이 시간에 택시가 있을까요?"

그 말을 듣자마자 나는 여자가 손으로 가리킨 길 쪽으로 발걸음을 뗐다. 여자도 적당한 거리를 두고 내가 걷는 방향을 따랐다.

"오늘 올라가시나봐요."

"네, 올라갑니다."

거짓말을 했지만 틀린 말은 아니었다. 올라가든 내려가든 여기가 아닌 곳으로 움직이는 것만은 확실하기 때문이었다.

"여기에 글 쓰시는 분들도 많이 사시는데."

"네, 그렇죠. 저도 몇 분은 뵌 적 있습니다만……."

신호등 앞에서 발걸음을 멈추자 여자도 따라 그랬다. 순간 그녀가 담배를 다 피울 때까지 어둠 속에서 나를 지켜봤을지도 모른다는 생각이 들었다.

"제가 좀 짓궂어서 묻는 건데 지금 역으로 가는 길이신 거죠?"

내가 물었지만 여자는 우물쭈물 대답이 없었다. 신호등 앞에 서서 파란불을 기다리며 내가 다시 장난기를 담아 물었다.

"집이 이 근처세요? 집이 이 길 건너에 있어요?"

다시 여자는 대답이 없었고 파란불이 들어왔다. 택시는 보이지 않았다.

"차가 저기 골목 끝에 세워져 있어요." 여자가 말했다. "하지만 태워드릴 수가 없어요. 차를 운전한 지 너무 오래되어서요."

조금 이상한 생각이 들었지만 그렇게 이상할 것까진 없다는 생각도 동시에 들었다.

여자의 차에 오르기까지의 과정은 분위기만으로 볼 때 순조로운 것은 아니었지만 그래도 당장의 목적지인 역까지는 움직일 수 있을 것이므로 차에 올라탔다. 차 안에서도 나는 어정쩡한 분위기를 어찌해 보려고 끊임없이 질문을 할 수밖에 없었다. 농담 같기도 하고 선문답 같기도 한 대답을 조금 들었을 뿐 여자에게 얻은 정보라고는 이렇다 할 아무것도 없었다.

여자에게 인사를 건넨 뒤 역에 내린 나는 아무런 선택도 할 수 없는 열차 시간표를 하염없이 바라보다 길에 나와 불빛이 보이는 방향으로 성큼성큼 걸었다. 가장 큰 간판을 달고 있는 모텔로 들어가 뜨거운 물로 샤워를 하고 저녁도 먹지 않은 채 자리에 누워 휴대전화기로 음악을 듣다가 까무룩 잠이 들었다.

얼마나 잔 걸까. 눈이 번쩍 떠졌다. 그녀가 아주 오래전 기억 속의 인연일지도 모를 거란 확신에 벌떡 몸을 일으켰다. 확신이라는 말보다는 가능성이라는 말이 맞을 것이다.

그러니까 그것이 얼마 정도의 일인가. 고등학교 시절, 청소년들의 글이 실리는 어떤 잡지에 내가 쓴 글이 실리게 되었는데 그 글을 읽은 한 여학생이 편지를 보내왔고 그로부터 그 여학생과 무려 삼사 년간이나 편지를 주고받은 적이 있었던, 바로 그녀였다. 의심을 할수록 윤곽이 더 뚜렷해졌다.

비록 증명사진 크기이긴 했지만 서로의 사진이 붙은 수험표를 편지로 교환해 나눠 갖기도 했던 그 어느 봄날의 기운이 묵직하게 내 가슴 한쪽께에 맺히는 것 같았다. 몇 번 만나려고 했으나 한번은 내가 나가지 않았고 또 한번은 그녀가 나오지 않아 싱겁고 싱겁게 어긋났던 두 번의 기회를 떠올렸다. 사대에 진학했고 글씨를 잘 썼으며 무척 착하고 고왔을 그녀. 오래전 기억을 더듬다가 벗겨진 세월의 껍질이 차분히 머릿속으로 감겨드는 것을 느꼈다.

한번쯤, 이렇게 익명으로 스치는 것도 나쁘지는 않을 거라 생각했겠다. 번개 같은 순간은 아니어도 슬쩍 한번 마주쳤다가 숨고 싶은 순간이 왜 내겐 없겠는가. 확신이 아니라 엉거주춤한 가능성일지라도 그녀가 내게 다녀갔다고 믿기로 한다. 그녀만 다녀간 것이 아니라 이 낯선 모텔방 가득, 그 시절의 기운들을 부려놓고 갔다. 이 방은 그래서 조금 맵고 싸늘한 오래된 침묵들로 가득차 있으며, 불을 켜지 않고 있는 것만으로 환하다.

하지만 어쩔 것인가. 소년의 시절이었을 때 그 아득한 벼랑 끝과 스무 살 초입에 피었던 수많은 꽃들의 냄새를, 어그러지고 버그러지는 일만이 그때의 최선이었음을, 하고 싶은 것만 많았고 실제로 할 수 있는 것들은 하나도 없었던 그때를 이제는 비루하게나마 기억하는 수밖에 내겐 별다른 재간이 없는 것이다.

아무도

모르는
사이,　　　거의
　　　　　모든
　　　　　일들이

며칠 전부터 시간에 대한 생각을 하고 있습니다. 문득 가을이 왔고 그
러다 또 문득 겨울이 온 것인데, 그 시간의 생김새가 '문득'이라는 부
사로는 가늠할 수 없어서인지도 모르겠습니다.

아마도 오래된 일인지도 모르겠습니다. 이 '시간'에 대해 생각하게 된
것이. '시간'을 붙들고 싶은 것이.

지난가을 단풍을 보기 위해 시간을 쪼개 버스를 타거나 차를 몰아 이
곳저곳에 다녀왔습니다. 역시나 지난가을에도 꽤 오래 집을 비운 것입
니다. 집을 나서면서도 베란다 사정을 신경쓰지 않아 식물들 몇은 시

들고 몇은 겨우 지탱하고 있었습니다. 그런 가운데 '문득'이라는 말처럼 한 화분에서 수북하게 자라나는 것이 있었습니다. 지난 늦여름 추자도에 갔을 때 도로변에 지천으로 널린 사랑초의 콩알만한 구근 몇 개를 담아와 화분에 옮겨심었는데 오래도록 기척이 보이질 않아 마음을 접었더니 그사이 싹을 틔우다못해 좁은 화분을 깨뜨릴 기세로 수북이 자라고 있었습니다.

아무도 모르는 사이, 거의 모든 일은 일어납니다.

우리로서는 시간이 들려주는 이야기를 다 들을 수 없지만 시간은 끊임없이 우리가 살아가야 할 방향을 수화로 일러줍니다. 그래서 시간은 우리와 적당히 거리를 두는 일과, 우리 몸에 바싹 붙어 지내는 일을 동시에 수행하면서 어떤 식으로든 흠씬 사람을 자라게 합니다.

시간은 또 선택하게 합니다. 그 힘겨운 선택이 최선이 아니었음도 알게 합니다. 아무도 모르게 한 사람이 오고, 아무도 모르게 그 사람 속으로 걸어들어갑니다. 내가 만든 감정인데 그 감정은 문득 나를 아프게 합니다. 시간이 허무는 일입니다.

시간은 또 그렇게 흘러가게도 합니다. 중요한 것은, 우리가 부정할 수 없는 것은, 어떻게든 낫는다는 것입니다. 일 년이 걸리든 십 년이 걸리든 우리는 그 아픔을 영원히 붙들고 있을 수는 없습니다. 고통스러울 때는 그 고통을 잘 넘기라고 언덕을 보여줍니다. 힘이 들 때는 이제 곧 바다이니 잘 넘기라고 바다를 보여줍니다. 시간이 하는 일입니다. 사람이 하는 일은 억세고 거칠어서 마음을 도려내지만, 시간이 하는 일은 순하고 부드러워 그 도려낸 살점에다 힘을 이식합니다.

시간의 시침과 분침의 끝은 지금도 우리를 향하고 있습니다. 우리를 겨냥하기 위해서가 아니라, 우리가 어떻게 살아가는지를 지켜주기 위해서입니다. 우리는 시간의 보호 아래 있습니다.

시간은 거짓을 솎아냅니다. 시간은 거짓의 편이 아니라 바로 우리의 편이기 때문입니다. 시간은 순간과 순간을 모아 생의 근육이 되게 합니다. 지금껏 우리는 그 근육의 힘으로 버텨온 것입니다.

그러니 시간에게 잘해줄 일밖에는 없는 듯합니다. 시간이 친구입니다.

이토록

서서히
퍼지는

광채

●

술을 마신다는 것은 내가 젖는다는 것. 술에 취한다는 것은 내가 잠
긴다는 것. 술이 깬다는 것은 나에게 도착한다는 것.
비 내리는 날에 음주욕구가 이는 것은 마음이 가려워서다. 누구나 그
날의 예술가가 되기 때문이다. 그래서인가. 공기가 통하는 곳에 자신
을 놓아두고 싶어하기도 하며 술이라는 공기를 빌리기도 한다. 그런
면에서 술은 어떤 의식과도 같다. 케이크 없는 축하 자리 같다.

●

처음이었기 때문일 것이다. 내가 살아온 시간들을 켜켜이 낱장으로 들어내 펼쳐놓아보면 일대의 사건이라 할 만한 일들은 모두 처음 일어난 일들이었다.

처음 마셨던 것치고는 잘 마셨다는 생각이다. 처음 저지른 것치고는 그나마 잘한 일이었던 것 같다. 그토록 처음이어서 강렬한 것이, 그만큼 강력한 것이 내 생에서 나를 몇 번 더 뒤흔들 것인지를 너무 이른 그때여서 알지 못했던 것이다.

●

나에게 술은 영감을 얻게 하고 친구를 얻게 한다. 그리고 결국 그 두 가지를 얻음으로써 글을 쓰게 한다.

영감은 어떻게 오는가 하면, 술을 마시기 시작했을 때, 그러니까 일단 술이 몸을 한 바퀴 회전할 때, 방금 낚아올린 꿈틀대는 물고기를 양손으로 쥐고 있는 느낌이 된다. 물이 잔뜩 오른 팔뚝만한 물고기라야 맞다. 뭔가를 요리하지 않으면 안 되는, 정신이 번쩍 드는 식칼과 널따란 소나무 도마가 필요한 상태이기도 하다.

술자리에서 친구를 얻는 것도 다르지 않다. 이를테면 같은 목적지를 향해 나란히 가고 있는 느낌. 건배를 할수록 용광로에서 흐물흐물한 채로 꺼내진 주물들이 서서히 공기 속에서 형태를 잡고 단단해지는 상태의 느낌들과 몇 번이고 마주친다. 그 느낌들은 모르는 사람을 만나이 친구와 오래갈 것 같은 예감을 포착했을 때의 두근거림과도 같다.

그렇게 좋아하는 사람도 있고 술도 있으니 이쯤 되면 악보를 보지 않고도 첼로를 연주할 수 있는 상태에 접어든다. 공간은 소리로 가득차고 막간은 풍요로워진다.

그러다 결국, 편해져야 되겠다는 것인지 순간 고장이 난 것인지 뇌는 돌연 다른 입장을 취한다. 안구 뒤쪽에도 관여해서 태엽이 엉터리로 엉키기도 한다. 자, 이제 모두 집으로 돌아갈 시간이 된 것이다.

술을 한껏 마시고 나면 다음날, 뭔가 많이 비워진 느낌이다. 몸이 술에 딸려가느라 힘들어서 그렇기도 하겠지만 마치 밀물과 썰물의 이치 같다고나 할까. 몸의 체적이 바뀐 듯하면서 쓰고 싶은 것들이 하나둘 수면으로 떠오른다. 정말 제대로 마셨을 때의 경우다.

이런 말을 하고 있지만 확실히 나는 술보다는 사람 쪽이다. 술은 그저 조연인 셈이다. 그렇게 누군가와 술을 마실 때면 당연한 말이겠지만 앞에 있는 사람에게 충분히 도움을 받고 있다는 생각이 든다. 도움받을 일이 없는데도 넘치도록 충분히.

●

세상에서 가장 좋은 술집은 어디인가. 누가 뭐래도 나는 그런 술집이 있다면 무엇보다도 편한 술집이었으면 한다. 마음대로 내 마음을 어지를 수 있는 술집. 마음대로 내 마음을 내보일 수 있는 술집. 내 마음을 떼어내 마주한 사람 앞에다 턱 하니 내놓을 수 있는 술집. 솔직하기로 따지자면 탈탈 털어놓은 마음으로 곧 잠기고 말 것 같은 술집. 그러니까 마음에 관여하는 술집.

그런 술집이 있으면 좋겠다. 그 술집은 이미 가본 것도 같고 아직 안 가본 것도 같다.

●

경주와 경산 사이 어느 국도변이었다.

계곡 옆에 차를 세우고 계곡물에 발을 담그고 있다가 산으로 이어지는 길이 보이길래 산은 어떨지 무심코 오르는 길이었다. 어르신 한 분이 술을 드시고 계셨다. 대낮이었다. 어르신이 마주하고 앉은 것은 무덤이었다. 아, 나는 솟구치는 탄성을 누르고는 산으로 올랐다. 얼마쯤 올랐을까. 끊어질 듯 이어지고 끊어질 듯 이어지는 산길을 따라 오르다 이대로 가다가는 되돌아오는 길을 잃을지도 모르겠다 싶어 천천히 그 길을 되짚어 내려오고 있었다. 아까 뵌 어르신이 그 자리에 그대로 앉아 있었다. 아까보다도 더 붉어 보이는 어르신의 얼굴은 술기운 때문이 아니라 뙤약볕에 타고 있어서였다. 여전히 어르신은 무덤에 몰두하고 있었다.

사랑하는 사람 앞에 한 잔을 놓다가 한 잔으로는 목이 마를 것 같아 한 잔을 더 놓다가, 그 사람이 그 두어 잔으로는 고마워하지 않을까봐 또 한 잔 권하다가, 그 사람이 쓸쓸해할까봐 내가 한 잔, 그러다 그 사람 생각에 복받쳐 다시 한 잔.

가져온 소주 한 병을 다 비우고 얼굴이 타는지도 모르게 앉아 바라보는 것이 그 사람인지, 그 사람과의 좋은 한때인지 알고 싶었지만 어르신이 마냥 하염없이 앉아만 있어서 나도 멀찌감치 나무 그늘 하나를 정해 바라만 보았던 것이다. 그러다 미어졌던 것이다, 가슴이.

●

좋아하는 술 가운데 마음을 전하다, 라는 뜻을 가진 전심(傳心)이라는 술이 있다. 일본에서는 전심(伝心)이라고 쓴다. 이 술은 어떤 맛이 나는가 하면 일단 첫맛에서 '이러면 안 되지' 하는 맛이 난다. 설명하자면 '이 술을 왜 시켰지?' 할 정도로 나한테 그 술맛은 참 그렇다.

그럼에도 이 술을 즐겨 마시는 것은, 이 술의 '제목'이 가진 분위기 때문이다. 마음을 전하다니. 마음을 전할 수 있다니. 전할 수 있는 게 마음이라니.

이 술을 마시면 나같이 못난 사람의 마음도 전할 수 있다는 착각이 들어 그 착각의 힘으로 그 술을 마시는 것이다. 하여튼 여러 번이다. 그 술이 그닥 맛이 있지 않다는 것을 알면서도, 그 술말고도 다른 술이 많다는 것을 알면서도 그 술을 마신 것이.

혼자는 술을 마시지 않지만 정말 혼자 마셔야 할 일이 닥쳤을 때는 마음이 아파서다. 나란 사람의 마음이 모질지 못해서 간혹 찢어질 듯 너덜거릴 때, 가끔 들르는 술집에 가서 찾는다는 것이 고작 마음 아프게도 '전심'인 것이다.

사람을 어떻게 해야 할지 모를 때 혼자 마신 술이었다. 술이 길을 내주는 것도 아닌데 꾸역꾸역 자리에 앉아 바깥 풍경을 안주 삼아 술을 마셨다. 술이 퍼지면 사람이 사람에게 그럴 수 있는 것과 사람이 사람에게 그래서는 안 되는 것들이 선명해졌다. 사람이 가장 쓸모없다는 것과 사람이 가장 시시하다는 생각도 부속으로 따라붙었다.

분명한 건, 사람 때문에 마음이 조금 기울었을 뿐인데 이럴 땐 마음을 말려야 되는 것인지 다려야 하는 건지 아니면 못을 쳐야 하는지 잘 모르겠다는 것이다. 사람은 접으면 접혀지고 자르면 잘라지지만, 마음은 접어도 접히지 않고 잘라도 잘라지지 않는 게 무섭다.

내 마음이 없어졌으면 하고 바랄 때가 많다. 내 마음이 마음이 아니라 나에게 달라붙어 떨어지지 않는 것이 아니라 일개 나무라든가 구름 같은 것이어서 제발 조각처럼 떨어져 나부꼈으면 하는 것이다. 깝죽대지 않으며 넘실거리지도 않게 한번 나간 마음이 돌아오지 않았으면 하는 것이다.

그럼에도 내 마음은 너무 싸돌아다녔다. 집에 있으면 안 되는 줄 알고 종일 이리로 저리로 쏘다니다 덜컥 병들어버렸다.

그게 잘 안 되었다. 마음을 쓰고 사는 일만이 최선인 줄 알았다. 내 마음이 닿는 곳이면 이러나저러나 편안할 줄 알았다.

이 우주를 놓치고 싶지 않아서 어떤 대상을, 어떤 순간을 껴안는다는 것이 실은 고작 마음이나 껴안고 있었던 것이다. 그러니 술 한잔 마시는 일은 결국 나에게 술 한잔 사주는 일이 아닌가 한다. 결국 내 마음에다 술 한잔 부어주는 일이 아닌가 한다.

여행은

인생에
있어   분명한
            태도를

            가지게
            하지

여행을 하지 않아도 살아지는 너와, 여행을 다녀야 살아지는 나 같은
사람의 간극에는 무엇이 있었을까. 그래, 너는 여행의 조각이 아닌 다
른 것들을 맞추면서 살아온 것일 거야.
알고 있겠지만, 여행은 사람을 혼자이게 해. 모든 관계로부터, 모든 끈
으로부터 떨어져 분리되는 순간, 마치 아주 미량의 전류가 몸에 흐르
는 것처럼 사람을 흥분시키지. 그러면서 모든 것을 다 받아들이겠다
는 풍성한 상태로 흡수를 기다리는 마른 종이가 돼.
그렇다면 무엇을 받아들일 수 있을까. 먼 곳에서, 그 낯선 곳에서.

무작정 쉬러 떠나는 사람도, 지금이 불안해서 떠나는 사람도 있겠지만 결국 사람이 먼길을 떠나는 건 '도달할 수 없는 아름다움'을 보겠다는 작은 의지와 연결되어 있어. 일상에서는 절대로 만날 수 없는 아름다움이 저기 어느 한켠에 있을 거라고 믿거든.

아름다움을 이야기하다보니 내가 최근에 본 어떤 아름다운 풍경 하나가 떠올라. 혼자라서 밋밋하기만 한 밤을 겨우 보내고 아침을 맞았는데 숙소 앞에 누군가 여러 개의 눈사람을 만들어놓은 거야. 나도 모르는 사이 밤 동안 눈이 내린 것은 있을 수 있는 일이지만 누군지 도무지 알 수 없는 한 존재가 아침 일찍 일어나 눈을 굴려 눈사람들을 만들었다는 건, '그냥' 있을 수 있는 일이 아니라 사람의 아름다움이 관여한 '기적'인 거지. 과연 그 사람은 혼자 보려고 눈사람을 만들었을까. 아니지. 단지 그냥 차가운 눈을 굴린 게 아니라 기쁨이며 온기 따위를 굴린 거야. 어쩌면 사람다운 것에 더 가까워지는 연습을 하고 있었는지도 모르지.

그 사람은 자기 인생에 대해 분명한 태도를 가진 사람일 거라는 생각이 들었어. 자기 인생에 대한 분명한 태도를 갖는 것, 그건 여행이 사람을 자라게 하기 때문이야.

사람은 원래 약하고 여리고 결핍되게 만들어졌어. 그건 왜 그런가 하면 그 상태로부터 뭐든 하라고, 뭐든 느끼라고 신은 인간을 적당히 만들어놓은 거야. 그러니까 스스로 약한 게 싫거나 힘에 부치는 게 싫은 사람들은 자신을 그렇게 방치하면 안 되는 몇몇 순간을 만나는 거지. 그래서 불완전한 자신을 데리고 먼길을 떠나. 그걸 순례라고 치자구.

나에게 순례는, 내가 나를 데리고 간 그 길에서 나에게 말을 걸고, 나와 화해하며, 나에게 잘해주는 일이야.

높은 산으로 해 지는 풍경을 보러 올라가 넋을 놓고 세상을 내려다보면서 알 수 없이 차오르는 마음 안쪽의 부드러움을 대면하는 순간. 맨발로 돌길을 걷고 걷다가 문득 푸른 잔디를 만나 발이 고마워하게 되는 순간. 낯선 방에 가방을 내려놓으며 이 방은 어떤 사람들의 어떤 이야기들이 거쳐갔을까 하고 낭만을 상상해보는 순간. 그 자잘한 순간들은 모이고 모여 한 장의 그림이 돼. 그 그림이 중요한 것은 우리가 안절부절하고 아옹다옹하는 일상하고는 전혀 다른 재료로 그려진 것이라는 것.

이런 작은 느낌들은 한꺼번에 광채로 다가오지. 아무렇게나 살다가 그대로 죽을 수는 없다는 사실까지도 알게 해주지. 그래, 그로 인해 사람이든 풍경이든 얼마나 사랑스러운지를, 사랑이 쓰다듬는 세상이 얼마나 중요한지를 알게 해주는 것. 그것이 여행인 거야.

걷지 않고도 많은 생각을 할 수 있다는 것은 착각이야. 보지 않고 더 많은 것을 상상할 수 있다는 것도 마찬가지. 그러니까 여행을 떠나더라도 살아서 꿈틀거리는 상태가 아니라면 아무것도 획득할 수 없게 돼.

여행은, 신이 대충 만들어놓은 나 같은 사람이 살아가기 위해서는 어쩔 수 없이 손을 뻗어야 하는 진실이야. 그 진실이 우리 삶을 뒤엉켜놓고 말지라도, 그래서 그것이 말짱 소용없는 일이라 대접받을지라도, 그것은 그만큼의 진실인 거야.

여행을
가르쳐주는

학교는 없다

최근 통영에 내려가 사는 한 여성 예술가를 만났다. 자연스럽게 여행 이야기가 오고 갔다. 적어도 약간의 위험 요소가 포함된 여행이 진짜 여행이라는 말에 나는 고개를 끄덕였다. 여행은 위험해야 제맛이라거나, 여행지에서 위험한 일은 꼭 겪어봐야 한다는 톤과는 다른 건강한 말로 들렸다. 하지만 정작 위험한 여행을 떠나겠다는 사람은 세상에 없다.

또 최근에 받은 질문 가운데 인상적인 것은 왜 예전처럼 여행기가 안 읽히고 있느냐는 질문이었다. 아마 모르긴 해도 남의 여행기를 읽는 시대를 지나 직접 여행하는 시대가 되었기 때문일 것이다.

얼마 전 문학행사가 있어 러시아의 블라디보스토크에 갔는데 똑같은 짙은 화장과 똑같은 헤어스타일을 한 여성들이 거리를 메우고 있었다. 도심의 반은 우리나라에서 온 여성들이었다. 나라에서 블라디보스토크를 다녀오라고 시킨 것 같은 착각이 들었다. 그들의 숫자가 많아도 너무 많아 거리의 절반을 채우고 있었다는 사실에 놀랐는데 문제는 그 많은 숫자가 아니다. 같은 곳에 들르고 같은 것을 사 온다. 너무 몰린다. 몰리되 너무 똑같은 형태로 몰린다.

남이 하니까 나도 하는 여행이 늘고 있다. 다들 너무들 가니까 가지 않으면 안 되는 여행을 하고 있다. 그러니까 이제 남이 하는 방식의 여행을 따라 하는 정도쯤으로도 충분한 여행이 되고 있고 그만큼 짧은 기간 동안 여정을 소화해야 하는 것이기에 더 그렇게 되었다.

여행을 가르쳐주는 곳은 없을까. 수학여행의 경우, 여행의 절반은 인솔교사로부터 하지 말라는 것들로 채워진다. 패키지 여행에서는 밤에는 위험하니 절대 나가지 말라는 경고가 당연하다. 유럽여행에 보낸 아들딸들이 게스트하우스에서 하루를 가만히 쉬며 보내고 싶다는 걸 알면 '나도 안 가본 유럽을, 어떤 돈으로 보내줬는데' 하는 마음으로 원격조종하듯 자녀의 등을 떠민다.

산티아고 순례길을 찾는 사람들의 발길이 여전히 줄을 잇고 있다. 정말 가고 싶어서 가는 것인지 많은 사람들이 하도 가길래 가는 것인지 모를 그곳에 이제 우리나라 단체 관광객들이 찾아가 삼겹살을 구워 먹고 김치찌개를 끓여먹는다. 잘 먹는 것이야 무슨 잘못이겠는가마는 작은 숙소의 공동 부엌을 장악하고서는 떼거리로 하는 행동들이다. 이 과격한 문화를 받아낼 재간이 없는 사람들은 이들과 더이상 마주치지 않기 위해 앞질러 속도를 내서 걷는다고 한다.

여행을 가르쳐주는 곳은 없을까. 여행학교의 수료증을 받기라도 한다면 우리는 과한 차림새만으로 한국 사람이라는 사실을 알리는 일 앞에 조금 다른 자세를 취하지 않을까. 단체로 유럽의 박물관을 찾은 한국 사람들이 저마다 등산복을 입고 있는 이유는 무엇일까. 박물관에서 빠져나온 그들이 관광버스에 올라 떠날 채비를 할 때 나는 또 보고야 말았다. 막 떠나고 움직이는 버스 근처 벤치에 앉아 있던 노부부가 그들에게 손을 흔들었지만 버스에 타고 있던 한국 관광객들은 쳐다보기만 할 뿐 그 누구도 그 부부에게 손을 흔들어주지 않았다. 이젠 남의 눈치를 좀 봐야 하지 않겠냐는 의미로 하는 말이 아니라 단체복을 나눠준 것도 아니고 드레스 코드가 있는 것도 아닌데 왜 다들 산에 가는 옷을 입고 유럽 거리를 활보하느냐 말이다.

적어도 자신의 사정을 들여다보는 일이 여행이었으면 한다. 자기 자신에게 말을 걸고 대답을 하지 못하는 자기 자신을 들여다보는 시간들 또한 여행의 정체라는 걸 조금은 알아갔으면 한다.

중요한 것은 여행을 준비하면서 어느 정도는 아무것도 하지 않고 가만히 있어보겠다는 계획도 포함시키는 것이다. 일정을 비워놓는 것이다. 하루에 하나만 보거나, 하루에 하나만 하자는 식의 계획도 참 좋을 것 같다. 미리 정해놓은 일정과 목록을 애써 따르지 않아도 되는 것이 여행일 수 있으니까.

여행학교라고 해서 무엇을 어떻게 느끼라고 알려주지는 않을 것이다. 에티켓을 가르치지도 않을 것이다. 다만 집을 떠났으므로 모든 것은 조심스럽게 접근되고 스며야 한다는 기본 챕터로 여행 수업의 첫 장을 넘겼으면 한다. 번잡하고 빡빡한 마음들을 잠시 부려놓고 사람을 보고 느끼고 오는 과목도 추가해야 할 것 같다. 시장에 가면 뭘 꼭 사는 게 아니라 사람들의 분주한 움직임 속에서 나만 천천히 돌아가는 필름처럼 한쪽에 앉아 있어 보는 시간 역시 중요할 거라고 말해주는 선생님도 있으면 좋겠다.

이 세상 모든 사람들과 여행학교를 입학해 인생을 마치는 날쯤에 졸업하고만 싶다. 그것만으로 참 멋진 인생이겠다.

가본 나라의 수를 늘리기나 하면서 즐거워할 게 아니라 여행을 통해 내가 얼마나 넓어졌느냐에 의미를 앞세울 수 있다면 좋겠다. 그러면 스스로에게 얼마나 행복한 사람인가를 묻는 게 중요한 것이 아니라 '나는 무엇으로 행복한 사람인가' 하는 질문에 답하는 것이 중요한 거란 걸 어렴풋이나마 알게 되지 않을까 싶다.

우리는 지금 여행의 점선들을 모아 하나의 인생을 완성해가는 중이다.

그나저나

당신은　　　　무엇을
　　　　　　　좋아했습니까

제주 어느 숲에 갔다가 잠시 놀랐습니다. 깜짝 놀라기도 하였습니다.
초록을 보러 갔다가 보러 간 눈은 감고 오랜만에 풍겨오는 풀 냄새를
맡았습니다. 어디선가 기계 소리가 들리는 것으로 보아 누군가 풀을
베고 있는 듯했습니다. 아니나 다를까. 숲의 안쪽으로 점점 들어가면
들어갈수록 초록의 냄새가 짙어지고 있었습니다. 인적이라곤 하나 없
는 그 숲을 이토록 짙푸르게 장악하는 냄새.
개인 소유의 숲 같았습니다. 그래도 깊숙이까지 보자고 들어선 숲길
이어서 계속해서 앞으로 나아갔습니다. 무릎까지 자란 풀들을 정성스

럽게 면도하고 있는 한 사내의 뒷모습이 눈에 들어왔습니다. 그 숲길은 아주 좁아서 내가 지나가려면 사내와 몸을 엇갈려야만 할 것 같아 그의 뒷모습에 대고 소리쳤습니다.

"저 좀 잠시 지나가겠습니다."

그래봤자 내 소리까지 면도되고 맙니다. 사내의 면도날 소리가 너무 커서지요.

'아, 어쩌지' 하다가 나는 사내의 어깨를 툭 치는 것으로 인기척을 냅니다. 사내는 소스라치게 놀랍니다. 몰두하고 있던 그의 집중을 내가 방해한 겁니다. 그가 몸을 움츠린 듯 뒤로 물러서며 말합니다.

"깜짝 놀랐네요."

나도 깜짝 놀랐습니다. 많이 놀라셔서.

나는 계속해서 숲길을 걸었습니다. 온도만 다를 뿐 내 몸에서 뿜어져 나오는 습도와 숲의 습도가 비슷해서 좋았습니다. 그가 풀을 깎으면서 진행해온 길은 꽤 길었습니다. 막 베인 풀에서 나는 향기. 그 향기 앞에 철퍼덕 주저앉아 아주 오래전부터 이 냄새를 좋아했었다는 사실을 잊고 있었다는 것에 또 한번 놀랐습니다. 내가 영영 이 냄새를 잊고 말았다면, 그렇게 살고 있었다면, 형편없이 살고 있는 게 맞을 겁니다. 그리하여 나는 그 저녁에 무슨 생각인가로 간절해져서 내가 원하는 것과 갖고 싶은 것들과 내가 바라는 것들과 내가 잊은 것들에 대해 하나하나 적어나가기 시작했습니다. 이렇게 말입니다.

― 병에 붙은 상표 하나를 완벽하게 떼어내고 그 감동으로 잠을 잘
   수 없을 것.

- 아프리카나 남아메리카의 나라 하나를 언젠가 먼 훗날의 목적지로 정하고 무작정 그리워하거나 자주 그곳 날씨를 궁금해할 것.
- 잘못 보내온 문자가 하필이면 나를 욕하는 것이더라도 그래도 은유와 농담을 담고 있다 생각하면서 들여다볼 때마다 다행일 것.
- 먼 곳에 사는 친구에게 전화를 걸어 며칠 안에 내려갈 테니 좀 기다려, 라고 무작정 말해놓을 것.
- 바다에서 돌고래떼를 만나면 어떻게 인사할 것인지 알아둘 것.
- 통일이 되면 기차를 타고 세 시간 반을 가면 닿을 수 있는 곳이 어디쯤인지 알아둘 것.
- 녹슨 선풍기를 닦으려면 어떤 약품이 필요한지 잘 알 만한 친구 하나 사귀어놓을 것.
- 밤새워 밤하늘의 별을 같이 세어줄 사람 하나 친구로 둘 것.

그나저나 당신은 무엇을 좋아했습니까. 무엇으로 얼굴이 붉어졌습니까. 그런데도 그 좋아했던 것조차 기억나지 않는다는 사실 앞에서 당신은 얼마나 떳떳할 수 있을지요.

이토록 둔탁하고 뻔뻔해지는 것은 그만큼 대체되는 것들이 많아서겠지요. 이토록 꿈을, 방향을 방해하는 것들의 정체는 무엇일는지요. 이기고자 한다면 좋아하는 것을 늘려야 합니다. 좋아하는 것들과 춤춰야 합니다. 좋아하는 것은 포기해야 하는 것과 밀당하지 않습니다.

잘 사는 게 뭔지 잘 모르겠다면 작은 수첩 하나를 구해 좋아하는 것들의 목록을 채워나가면 됩니다. 수첩에는 〈작고 허름한 가게 장부〉라는 제목을 달아놓고 말이지요.

형,

단양은
어디예요?

지오를 만난 건 어느 단체에서 마련한 한글학교에서였다. 그는 베트남 출신의 근로자로 우리나라에 약 이 년간 머물렀는데, 봉사랍시고 두 차례 한글학교에 갔다가 알게 되었다. 질문이 많았고 질문의 수준 또한 남다른 구석이 있어 많이 마음이 갔던 친구였다.

수업이 끝나고 메일 주소를 알려달라고 해서 알려주었더니 그가 일을 하지 않는 날 내가 사는 그 먼 데까지 찾아와 몇 번 만나기도 했었다. 밖에서 만난 지오는 첫인상과는 다르게 (저녁 수업시간이 아닌 대낮에 본 그의 인상은) 참 많이도 배가 고파 보였다. 무엇보다도 말라서,

또 피부색이 진해서 더 그래 보였는지도 모르겠다. 그래서 나는 자연스럽게도 한국 음식이 입에 맞지 않는 건지, 기숙사에서는 어떤 음식이 나오는지, 어떤 음식을 좋아하는지 묻게 되었고, 그러다 결국에는 그를 앞장세워 그가 평소 먹고 싶어했던 것들을 사 먹이게 되었다. 나도 혼자 사는 처지이니 그 친구 덕분에 잘 얻어먹은 것으로 여기곤 했었다.

지오는 계약된 기간이 끝나고 그의 집이 있는 호찌민으로 돌아갔다. 그가 베트남으로 돌아갈 때 한국어 교재 몇 권 들려 보내서 그런지 이제는 문자메시지도 잘 보내고, 얼마 있다가 한국어능력시험도 볼 거라고 한다. 그리고 더 기쁜 일 한 가지는 오래전부터 만나온 여자친구와 드디어 결혼을 하게 되었다는 소식. 한데 이어 도착하는 문자 몇 줄에 그만 눈가가 시큰해지고 말았으니 내용은 이러했다.

형, 내가 한 번도 형 밥 못 사줬는데 그거 미안해요. 형이 만약 나의 결혼식 올 수 있다면 형이 많이 먹을 수 있게 대단히 음식을 준비할 거예요.

세상에, 난 밥 몇 끼 사준 게 전부인데 그걸 그렇게 생각하고 있었구나. 문득 지오가 보고 싶었다. 문자를 보니 우리가 이렇게 멀리 있구나 싶은 것이, 새삼 사람과 사람이 만나 마음을 나누고 음식을 나누고 했던 것이 이토록 저릿한 일이구나 싶기도 했다. 그러다 그와 함께했던 여행이 생각났다.

언젠가 그가 나에게 "형, 단양은 어디예요?"라고 물은 적이 있었다. 단양인지 담양인지 발음이 명확하지 않아 되물으니 단양을 묻는 거였다. 왜 그러냐고 물으니 그곳에 한번 가보고 싶다고, 그냥 발음이 좋아서 그곳에 어떻게 가는지 묻는 거라고 했다.

단양은 나의 고향에서 조금만 더 가면 되는 곳인데 참 아름답고 사람이 살기 좋은 곳이라고 설명해주었다. 커다란 강이 흐르고 좋아하는 철교가 하나 있는데 그 위로 드문드문 기차가 지나간다고도 했다. 문득 그를 그곳에 데려가고 싶은 마음도 생겼다. 나에게도 그처럼 가고 싶었던 곳이 얼마나 많았던가. 그곳 지명이 아름다워서거나 그곳이 어떤 곳인 줄도 모르면서 막연히 그리웠던 적은 얼마나 많았던가. 나는 지오와 머리를 맞대고 여행 가능한 날짜를 세었다. 단양이란 곳이 지오가 생각하는 대로의 느낌일지 아니면 전혀 다른 곳일지 옆에서 지켜볼 수 있다면 나로서는 괜찮은 실험일 것 같았다.

그리고 그날이 되어 그와 함께 단양에 도착하니 늦은 저녁이었다. 대충 숙소를 잡고 늦은 저녁식사를 하려고 나가려는데 그가 틀어놓은 텔레비전에 곧 영화 〈쉬리〉가 방영될 거라는 화면이 떠 있었다. 무엇을 먹을까 하는 내 말에 지오는 시계를 보더니 자기는 잠시 후에 시작될 영화를 보겠다고 했다. 나는 지오가 그 영화를 너무도 좋아해 이미 열 번도 더 봤다는 사실을 알고 있어서 놀랐다. 아니 놀란 것이 아니라 단양에 가고 싶다는 사람을 데리고 몇 시간을 운전해서 온 나란 사람도 있는데 열 번도 더 봤다는 영화 때문에 텔레비전 앞에 앉아 있겠다는 그의 태도는 적당하지 않은 것이어서 기분이 그랬다.

나 혼자 식사를 했다. 식사를 마치고 물가에 나가 산책을 마친 다음, 숙소로 돌아오는 길에 지오가 먹을 만두를 포장했다.

돌아와 보니 지오가 텔레비전 앞에 바싹 붙어 앉아서 울고 있었다.

'아니, 왜 울어? 열 번을 넘게 본 영화를 보고 또 운다는 게 말이 돼?' 나는 그에게 큰소리를 올려붙이고 싶었지만 그의 들썩이는 등짝은 오히려 나에게 이렇게 말하고 있었다.

'형은 나처럼, 좋아하는 영화를 열 번을 보면서 열 번 다 울 수 있는 사람이 못 되잖아요.'

지오 옆에 슬며시 만두 봉지를 내려놓고는 싱겁게 창문을 열었다.

그럼. 나는 약고 아늑하지 못하고 그래서 금방 싫증을 느끼는 사람이지.

나는 보이지 않는 별을 보려고 밤하늘을 향해 눈을 끔벅끔벅거렸다.

좋아한다고

말은
했을까

초가을의 문턱, 어느 나무 아래에서 일어난 일이다.

교복을 입은 한 소녀가 호젓한 길을 걷는다. 어깨엔 가방이, 그리고 한 손엔 노트 같은 것이 머물러 있다. 그녀가 걷는 방향 앞쪽으로 굵은 나무 한 그루가 있다. 그런데 그 커다란 나무 뒤에 언뜻 뭔가가 보인다. 소녀가 움직일 때마다 그 물체는 조금씩 조금씩 소녀가 안 보이게끔 각도를 틀어 이동을 한다. 기다렸다 가만히 보니 물체의 정체는 한 소년이다. 소년은 자신의 몸을 최대한 숨기려 애쓰면서도 쿵쾅쿵쾅 뛰어대는 심장의 진동은 감추지 못하고 있다. 소녀가 지나가는 길목에

서서 몰래 기다리고 있다가 소녀가 자기 앞을 지나가고 나면 곧이어 소년이 뒤를 따를 거라는 귀여운 시나리오가 커다란 나무 아래 진행되고 있었다.

둘은 어떤 사이일까. 소년이 소녀를 좋아한 지 사흘째 되는 날인가. 어쩌면 소녀가 헤어지자고 말한 지 한 달째 되는 날일지도. 아니 어쩌면 모든 상상을 불허하는 사이일지도 모른다는 생각에 내 길이나 가자며 고개를 돌리려 했을 때였다.

마치 섬광 같은 반전이 있었다. 소녀가 나무를 충분히 지나친 후였다. 정확히는 소녀가 나무에 가려진 소년을 살짝 어깨 한쪽으로 넘기면서 지나치는 그 상태였다. 소녀가, 큭큭 웃으며 걸어가고 있었다. 고개는 돌리지 않은 채, 최대한 어깨의 들썩임을 자제한 채. 소녀는 나무 뒤에 소년이 숨어 있다는 걸 알고 있었다. 근데 어떻게 알았을까.

주변에 꽃들이 피어 있었다면 같이 따라 웃었을 텐데 나만 웃고 있었다. 뭔가 대단한 것을 목격한 듯 싱글벙글하면서 별로 좋을 것도 안 좋을 것도 없었던 기분이 급작스레 수만 개의 풍선을 달고 떠올랐다.

좋아한다고 말은 했을까. 아니, 아직 못했을 거야. 소녀는 그냥 소년의 행동만 기다리고 있을 뿐.

소년의 마음이야 눈을 가리고도 알겠고 소녀도 소년이 싫지 않은 기색이야. 그렇지 않으면 이렇게 묘한 타이밍에 저리 아름답게 웃을 수는 없어.

하늘은 높아지고 있었다. 하늘이 높아지는 것은 여름이 그치고 어쩌지 못한 감정들이 침착하게 한곳에 모이기 때문일 것이다. 그 한곳이라는 데는 바로 사람의 마음일 테고.

그날 내가 본 것이 무엇인지는 나도 잘 모른다. 어쩌면 내 속에서 꺼내놓은 두근거림일 수도, 어쩌면 나무가 차려놓은 아름다움일 수도 있다. 그 무엇보다도 나는 그 풍경한테 몸을 흠씬 두들겨맞은 사람처럼, 온몸이 뻐근했다.

같은 상황이라 해도 봄에 보는 것과 가을에 보는 깃은 다르다. 봄에 봐서 아련하다라고 반응하는 것을, 가을에 볼 때는 보고 싶다라고 중얼거리게도 한다. 봄에 피어난 꽃들에게서 뭔가를 수혈받는다면 가을에 떨어지는 것들 앞에서는 마음이 호릿해져서 뭔가 빠져나가는 기분마저 드는 것이다. 봄에 가슴 뭉글뭉글해지는 것이 가을에는 뭉클뭉클해지지 않는가 말이다.

나는 가을 초입의 나무 한 그루가 연출한 것인지도 모를 한 소녀와 소년의 감정을 오래 기억하고만 싶다. 이 사랑의 그림 한 장을 가슴팍에 품은 이상 당분간 등짐을 무거이 지고도 뛸 수 있을 것 같다. 나무도 나를 기억했으면 한다. 나무 아래에서의 일들을 몰래 훔쳐보고는 하나하나 세세히 간직하려는 한 사내의 안간힘이 이 가을을 아끼고 있다는 사실까지도 말이다.

작은 다리 위,

누구나
그런 시간이

있었다

다리 하나가 있었다. 어느 먼 곳으로부터 물이 흘러내리고 그 곁엔 버드나무들이 울창하였다. 떠오르는 이름들이 빛을 받아 대책 없이 눈이 부실 것 같은 한 폭의 그림 같은 천변이 있었다.

제기역 주변으로 흘러 청계천에 이르는 그 내[川]를 중학 시절의 사람들은 센 강이라고 불렀다. 누군가가 명명한 이후로 그 강의 이름은 그리 정해졌겠지만 어린 나는 센 강이 무슨 강인지도 모르고 그런 줄 알았다. 체육 선생님이 힘차게 찬 공이 담장을 넘어 센 강 속으로 첨벙 빠지기도 했다.

다리는 집에서 멀지 않았다. 그 무렵 매주 일요일이면 나는 아버지가 일하시는 곳으로 점심식사를 날라다드리는 일을 했다. 어머니 생각에 그냥 도시락으로 안 되겠다 싶으셨는지 플라스틱으로 된 시장바구니에 음식들을 담으셨다. 그 길을 오가며 어둑어둑한 다리 밑은 어떨까 늘 궁금하기도 했다. 어두운 곳은 이상하게 마음이 쓰이며 사람을 궁금하게 한다. 문제는 그 다리에서 꼭 교회에 다녀오는 친구를 만난다는 거였다. 창피했다. 울긋불긋한 색동의 밥상보가 덮인 바구니를 들고 아버지를 만나러 갔던 나는 언제부턴가 다리 근처에서는 숨이 쉬어지질 않았다.

다행인 것은 이사를 하게 되었다. 물론 다리를 건너는 이사였다. 더이상 다리를 건널 때 시장바구니를 들지 않아도 되었다. 아버지가 일하시는 곳도 중고등학교도 독서실도 대학도 그 이후의 무엇도 다리 저편에 위치했었으니 다리를 건너는 일도 현저히 줄었다.

그렇다고 다리를 건널 일이 없지는 않았다. 시장엘 가거나 시외버스터미널이나 기차역까지 걸어갈 때는 다리를 지나야 했다.

다리를 건너면 '미화 레코드'라는 이름의 레코드 가게가 있었다. 지금은 흔치 않은 LP나 카세트테이프를 파는 곳을 그땐 레코드 가게라 불렀다. 지나는 길에 바깥으로 들리게 틀어놓은 음악이 좋다고 생각한 적이 많았는데 어느 날 레코드 가게 사람이 문을 열고 뛰어나와 나를 불러 세웠다. 과선배가 그곳에서 일을 하고 있었다. 어떤 날들은 그곳에서 음악으로 하루를 보냈다. 어떤 날은 지나치며 창문 바깥에서 인사만 하기도 하였다. 돈이 모이면 LP를 사러 갔으며 그 음반들은 누군가에게 선물되기도 하였다.

다리 위에는 포장마차가 하나 있었다. 멀리서만 봐도 두근거리는 불빛이 일품인 곳이었다. 그곳에서 수많은 사람들과 어울렸다. 미화 레코드의 선배도, 대학 친구도, 그리고 한때 만났던 인연도.

새벽이 오고 첫차가 다닐 때가 되면 가끔은 포장마차에서 소주를 마시던 일행과 버스를 타고 양수리까지 내달렸다. 강물 위로 해가 오르는 것과 햇살이 내려앉는 것을 차례로 본 나음 다시 버스를 타고 꾸벅꾸벅 졸면서 돌아와 시 수업 강의실에 들어가기도 했다.

이상하리만치 혼자 오는 사람들이 유난히 많았던 포장마차였다. 어떻게 혼자 술을 마실 수 있을까. 그것이 궁금한 나머지 혼자 포장마차에 들어가 술을 마셔본 적이 있는데 꽤 고통스러웠다. 혼자 마시는 술은 이상하리만치 쓴맛이었으며 궂었으며 금방 취하기까지 했다. 혼자마시는 술은 상당 부분 것들이 제거되어 있었다.

언젠가는, 그 다리 위 포장마차에서 누군가와 술을 마시며 첫눈이 오면 그곳에서 만나자고 했던 것 같은데 지금은 달랑 그 약속만 기억날 뿐 그 약속을 누구랑 했는지는 기억에 없다.

아마도 많이 좋아하는 사람이었겠지. 하기야 좋아하는 사람이 아니면 그런 말을 할 리는 없었겠지.

그곳은 그런 곳이다. 바람만 불어도 날아가버릴 감정들로 배불렀던 곳. 언젠가는 나에게도 곧 멋진 일이 일어날 거라는 기대로 수면 위에 내려앉은 밤불빛들을 그렁그렁한 눈으로 바라보았던 곳.

포장마차는 사라진 지 오래되었고 다리 주변으로 낯설면서도 경박한 바람이 불고 있지만, 이제 그 바람은 베어낸 천변의 버드나무를 춤추게 하지 못하고 나를 붙들어 세우지도 못한다.

체기가 많았었고 그래서 뭐든 간절했던 시절에 나는 다리를 건너다녔다. 오갈 데를 몰라하느라 공중에 오래 떠 있는 깃털 같았던, 쉼 없이 부풀어오르는 빵 반죽 같은 시절에 말이다.

아마도 어쩌면 인연이 닿는 누군가는 이 글을 읽고 내게 연락을 해서는 그럴지도 모르겠다. 그때 네가 나한테 그랬는데. 첫눈 내리면 그 포장마차에서 만나자고. 그러면 나는 이렇게 말해주리. 첫눈 내린다고 치고, 아직도 포장마차 있다고 치고, 우리 그 다리에서 지금 만나면 어때?

참, 거짓말 같은 시간이었다. 참, 거짓말 같은 시간이어서 그토록 환했다.

사랑은

어디로부터
왔을까

소녀가 물었습니다.
"나는 왜 아빠가 없어?"
여자는 대답했습니다.
"아빠는 없어."
오래전부터 여자가 소녀에게 해오던 대답이었습니다. 소녀가 좀더 크
면 다른 대답을 준비해야 할지도 모릅니다. 어쩌면 모두를 다 말해야
할지도 모릅니다. 창틀에 내려앉은 굵은 눈송이가 햇살에 녹아내리듯
이 말입니다.

여자는 결혼에 대한 생각이 없었습니다. 결혼에 대한 생각이라기보다 미래에 관련하는 희망적인 무엇이 없었는지도 모르겠습니다. 혼자여도 좋겠지만 다만 혼자 살아간다는 것에 대한 자신감이 문제였습니다. 상상만으로도 충분히 숨이 막힐 것 같은 순간순간이 그녀를 괴롭힐 것이었습니다. 혼자 살아갈 수 없다면, 그것을 대신해줄 무언가가 있어야 했습니다.

여자는 아이를 갖고 싶었습니다. 물론 그래도 된다면 말입니다. 세상의 모든 자격에 대해 생각했습니다. 그래도 된다면 아이를 낳아 기르겠노라고 다짐했습니다. 그 방법을 통해 독신의 빈곤이 나아질 수 있다면 죄책감으로부터 반듯해질 수 있을 거였습니다.

세상의 모든 가능성은 열려 있었습니다. 여자가 가끔 찾았던 강원도의 절에는 허드렛일을 도와주는 불목하니 청년이 있었습니다. 절에서 큰 행사가 있던 어느 날 밤, 지인들과 함께 묵었던 방에 불을 넣어주던 청년이었습니다. 말을 꺼내는 일은 어려웠지만 청년과 아는 사이는 아니었으므로 무심히 속내를 열어놓을 수 있었습니다.

만약, 그럴 수 있다면 가까운 곳이 아닌 어느 먼 곳에서 따로 만나 하루를 같이 지낼 수 있느냐 물었습니다. 남자가 되물었습니다. 왜 하필 나여야 하느냐고 말입니다. 여자는 참 좋은 사람 같아서요, 라고 대답했습니다.

점선처럼 만나 실선처럼 하루를 보냈습니다.

그리고 먼 훗날 알게 되었습니다. 그가 수년의 세월이 지나 출가했다는 소식을요. 아마도 그가 어떻게 사는지 가끔 혹은 자주 궁금했었는지도 모릅니다. 하지만 그에게 이런저런 이유로 연락을 하기엔, 그랬습

니다. 여자가 그토록 원하던 아이가 생겼던 겁니다. 그 소식을 전하지 못한 것은 아이의 존재로부터 호위를 받으면서 사는 삶이 무언가로 인해 훼손되거나 불편해지는 건 아닌가 싶어서였습니다. 몇몇 순간은, 그의 이름조차 묻지 않은 것이 마음에 걸렸지만 여자가 원하는 것만 내세우기로 한 형식과 절차 앞에서 뜬금없이 이름을 묻는 것은 감상에 불과했을 것입니다.

그가 세상의 이름조차 버리고 세상이 아닌 세상 위쪽 어딘가에 속해 있을 거라 생각하니 그를 만난 일이 쓸쓸하고 쓸쓸한 일이 되었습니다. 그러나 그를 만나게 했던 그 쓸쓸한 이기심이 지금 당장의 행복을 선물해주었습니다.

언제부턴가는 항상 소녀의 등에 대고 속으로만 이렇게 말했습니다.

'세상과 싸워야 할 일이 있을 때 너는 나의 혼돈과 불안을 막아줄 든 든한 무기이자 방패란다.'

절대적인 한 사람의 부재가 도무지 억울하고 정확하지 못해서였을 것입니다. 소녀는 문득문득 그가 어디 있는지를 물어왔습니다. 파도처럼도 물었고 산들바람처럼도 물었고 눈물을 얼굴 가득 묻히고도 물었습니다. 어디에 있는지에 대한 답은 어디에도 없었습니다.

여자는 자신의 인생에서 소녀를 만난 이후로 한 번도 비틀거린 적 없으며 그나마의 힘으로 세상을 더 사랑하려 했건만, 결국엔 다시 소녀가 이런 질문을 해올까 여자는 그게 겁이 납니다.

"엄마는 그 사람을 사랑하기는 했었이?"

그때, 사랑하지 않았었노라 말하게 될까 당장은 그것이 두려운 여자였습니다. 자신이 사랑 없이 태어난 걸 알게 된다면 소녀는 스스로를 덜 사랑하게 되지 않을까 하는 두려움은 말할 것도 없습니다.

사랑은 어디로부터 왔을까. 새들이 데려왔지. 너는 어디로부터 왔을까. 봄날이 데리고 왔지. 너는 무엇이 될까. 훨훨 하늘을 날겠지. 소녀가 갓난아기였을 때 직접 지어서 불러주었던 노래가 생각나는 바람에 여자는 그만 얼굴을 묻었습니다.

여자는 입이 떨어지지 않더라도 언젠가 여자가 된 소녀에게 그렇게 말할 것입니다. 세상 모든 사랑의 속성은 결국엔 합리화의 과정을 거치는 거라고. 모든 사랑의 끝에서는 자기 자신만 용서하게 된다고. 그런 방어기제조차 없으면 다리가 꺾이고 마음이 잘려나간다고.

엄마는 하지 못했지만 너는 사랑을 하라고. 어떻게든 사랑이 나를 밟고 지나가지 않으면 자신이 누구인지도 모르게 되며 모르게 될 뿐만이 아니라 세상의 그 어떤 엉킨 선도 풀어나갈 힘이 없는 거라고.

잊지
못한다면

사랑하는
것입니다

우리가 만난 것은 우연이었네. 우연이라 하기에도 뭣한 작은 조각에
불과한 것이 우리 두 사람을 올가미 친 것이네. 그 사랑에 쩔쩔매었던
것. 내가 낸 큰불의 연기로 질식해죽을 것 같았던 것.
사랑도, 그렇게 멈추지 않을 것 같았던 폭설도 마침내는 끝이 나더군.
아마도 인간의 일이라 그랬을 것이네.
사랑만 끝난 게 아니라 와중에 내가 목숨처럼 가족처럼 연을 이어가
도 좋을 거라 믿었던 친구 셋을 동시에 잃었네. 그 커다랗고도 고귀한
세 척 배의 침몰을 겪고 나자 우정이라는 말은 세상에서 가장 용서할

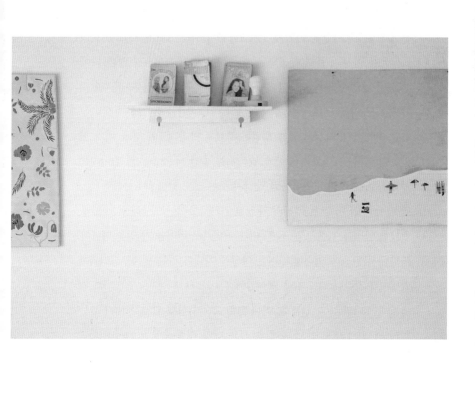

수도 없으며 용납할 수도 없는 불용(不容)의 말로 전락되었네.

길게 이야기하지 않으려는 것이 이야기하지 않음으로, 붙들어 매어두는 것으로, 내 사랑을 온전히 지키겠다는 의지는 아니네. 왜 그런 날이 있잖은가. 아무리 풀려고 해도 그 어떤 기교로도 풀어지지 않는. 나에겐 그런 날들을 달리 설명할 길은 없네. '이해 안 가는 영화 장르'란 것이 있다고 나는 믿네. 사람들이 이해하는 방식이란 건 자신이 살아온 범위 안에서지. 자신이 고개 끄덕이고 싶은 방향대로일 걸세. 내가 한 사랑이 어떠했노라고 누구에게 말하려는 순간 나 스스로도 쏟아지는 것들을 다 받아내지 못할까봐 말하지 못한 것도 있지 않겠는가.

집 안에 놓인 저 많은 30센티 자들 말인가? 그 이야기는 해줄 수 있네. 기묘한 일들을 겪은 것은 유독 내가 어딘가로 여행을 가 있을 때였어. 가방에서 짐들을 꺼내놓고 며칠 이상을 지내야 하는 먼 곳, 그러니까 영월이나 경주나 진도 같은 곳이었어.

숙소에는 나만 혼자 있는 게 아니었네. 그녀가 함께 있었어. 내가 잠든 침대 옆 빈자리에, 빈 소파에, 가끔은 내가 하루종일 밖에서 걷다가 지쳐 돌아왔을 때. 어느 때는 그녀가 식탁 맞은편에 앉아 내가 만들고 있는 음식들이 식탁 위에 다 차려지기를 기다리기도 했어. 내가 빨아넌 적이 없는 빨래가 숙소 안 가득 널린 채 마르고 있기도 했고, 내가 게으름을 피우느라 일어나지 않는 아침이면 그녀가 창문을 열어젖히고 햇살을 방 안 가득 들여놓았어.

맞네. 이별 이후의 일이라고 하지 않았나. 이별 후에도 나는 늘 그녀의 환영과 함께였네. 그녀가 내 옆에 있었던 게 아니라 내가 그녀 옆에 있기로 작정한 것이었네. 혼자서는 사는 것도 걷는 것도 먹는 것도 불가능한 것들만 가득했으니 그럴 수밖에.

무려 십 년 넘게 꿈에 나타나는 것으로도 모자라 그녀는 내가 먼 곳에 헐렁한 채로 도착할 때마다 나와 함께였네. 미쳤다고 할지도 모르지. 하지만 사실은 그 이상일 수도 있지. 미친 상태로 살기엔 너무도 강력한 시간이었음에도 난 꿈에만 나타나는 그녀를 구체적인 존재로 만나기 위해 집이 아닌 바깥을 떠돈 거야. 꿈을 중단하려고 이사를 했으면서도 꿈을 이어보려고 집이 아닌 다른 곳을 선택한 거였네. 예상은 적중했네. 길 위에서 훨씬 자주 꿈에 등장했으니까. 떠돌 때마다 낯선 공기들이 내게 무표정하게 속삭였지. 아직도 여전히 끝이 아니라고.

매일 보아왔던 크고 오래된 나무 한 그루가 밑동만 남겨지고 잘려버렸는데, 그 나무 살아온 세월이 그토록 오래되었는데, 자네라면 그걸 그냥 지나칠 수 있겠나. 삭벌되었으나 뿌리가 너무 깊어 뽑아버리지도 못하는 나무의 흔적 말이네. 남겨진 밑동 위에 앉아 있으면 앉아 있을수록 나무가 차지했던 그 빈 공간은 팽팽한 밤, 사막에 혼자 버려진 기분이 들게 했었네. 이렇게든 저렇게든 짊어지고 다녔던 머리통이 하루아침에 없어진 것과 무엇이 다르겠나.

그렇게 십일 년인가 십이 년인가, 이별을 겪은 지 한참이 지나서야 나는 내가 헛것을 데리고 사느라 곯았구나 하는 사실을 가까스로 알아버렸네. 그러니까 어떤 실타래 같은 데서 시작된 실에 친친 휘감겨 있는 내 몸 하나를 객관적으로 바라볼 때가 되어서야, 그 실들을 따로 걷어 떼놓아도 되겠다 싶을 즈음에야, 그 긴 여행을 마친 거라네. 이상한 것은, 더 기묘한 것은, 그때의 그 어떤 매듭을 기점으로 더이상 가고 싶은 곳이 없어졌다는 것이네. 그 순간부터 세상은 내가 알던 대로

가 아니라 파도를 멈추고 한순간 졸아들고 말았네.

그 길고 먼 여행이 끝나고 나는 정신을 차리지도 못했으면서 정신을 차린 사람처럼 자를 사서 모으기 시작했네. 나라는 사람은 30센티에 불과하다고 평소에 생각했었으니까. 30센티 자 막대기를 볼 때마다 내 한도와 내 한계를 그것에 걸어보면 정신이 들까 하는 거였어. 자에는 1밀리미터의 눈금만 표시되어 있지. 사람이 눈으로 쉽게 볼 수 있는 최소한의 거리일 걸세. 한데 자를 들여다보면 볼수록 나는 30센티는커녕 그 1밀리미터의 간격을 표시하는 두 칸의 작은 눈금 사이에 웅크린 채 살고 있었네. 30센티 자 안의 300개의 눈금, 그 사이 고작 두 칸만이 인생의 전부이자 내가 사랑한 전부라고 믿었던 거였네.

하지만 아니.

1밀리미터에서 시작되어 백 미터를 넘어 몇 킬로를 넘어 몇만 킬로까지 이어지는 눈금의 행진들. 그 눈금들이 촘촘히 만들어내는 마음 안의 파도들. 파도를 멈추게 할 힘이 있는가. 그럴 수 없어서 사랑이지 않겠는가. 자네가 조금 전에 물어본 이 집 안 구석구석 놓인 자들의 지긋지긋한 정체는 바로 그것들이네. 한 개 자의 최소 단위밖에는 안 되는 줄 알았는데 결국엔 자 하나로 재기에는 턱없이 모자란…….

내가 한 것이 정녕 사랑인가를 묻는 것이라면 그만두게. 내 대답으로 인해 내가 따라 걸었던 빛들이, 신었던 신발들이, 그리고 그 물컹한 푸른빛들이 자네 상식 안으로 이해되길 원치 않네. 사랑은 불가능의 결정(結晶)인 상태의 것이라 모두가 쩔쩔매는 것이고 그토록 뼈저린 것 아니겠는가. 많이 사랑한 죄였을 것이네. 죄인 줄 알면서도 사랑한 병(病)이었을 것이네.

겨울나라

겨울만 있는 시간을, 겨울만 있는 나라에서 살고 싶다. 찬 온도에서 뜨겁게 사는 것, 그것은 두 배로 사는 삶일 거라는 환상이 내겐 있다. 그래서 단골로 삼는 겨울의 도착지는 강원도 태백이다. 눈이 많이 내리는 곳인데다 깊숙한 탄광지대였던 고한을 지나 큰 산을 넘어야만 갈 수 있으니 갇혀 지내는 기분을 내기 위해서라도 일부러 간다.

운전을 해서 태백에 도착했을 때는 눈이 엄청 내리는 날 저녁이었다. 태백 시내에 도착해 숙소를 찾느라 작은 골목을 돌아 큰길로 들어서는데 차가 그만 눈길 위에서 헛돌았다. 헛돌다못해 내 의지하고는 상관없이 어느 가게 쇼윈도를 향해 처박을 듯 쓸려가고 있었다. 차는 다행으로 들이박는 사고 없이 그 앞에서 멈춰주었다. 처음 겪는 일이라 당황스러웠다. 이제는 차를 움직여 어떻게든 이 골목을 빠져나가야 했지만 도무지 차가 움직이질 않았다. 엄청 쌓였던 눈 밑바닥이 슬쩍 녹으면서 저녁이 되어 꽝꽝 얼어붙고 있는 게 분명했다. 내 차는 가로로 길을 막은 채 어정쩡하게 서 있었고 엎친 데 덮친 격으로 길 저쪽에서 차 두 대가 꾸물꾸물 들어오고 있었다.

그때 사람들이 내 차 주변으로 몰려들었다. 일을 냈으니 구경하거나 참견하러 몰려드는 사람들이 부담스러운 상황이 되었다. 그때 한 사내가 나에게 스노타이어가 아니냐고 물었다. 나는 그리 부지런하지도 철두철미하지도 않은 사람이었으니 그냥 아니라고 했다.

그 사내는 자기가 봐줄 테니 운전해보라고 했다. 뒤로 약간, 앞으로 많이. 다시 뒤로 많이, 앞으로 약간. 사내는 말로만 그러는 게 아니라 후진을 할 때는 뛰어가서 차 뒤에 섰고, 전진을 할 때는 몸을 재빠르게 움직여 차 앞에 섰다. 그러기를 몇 차례. 앉아서 핸들을 잡고 있는 내 등에 땀이 배기 시작했다. 열심히 차를 움직여보려 했지만 차는 겨우 몸만 약간 돌려놓고는 다시 꼼짝도 하질 않았다. 아예 문을 열고 밖에 나와 구경하는 사람들까지 합세했다.

다시 사내가 연출을 바꿔 지시를 했다. 시키는 대로 십여 분 동안 사투와 곡예를 반복했더니 차가 그의 말을 듣기 시작했다. 그때부터는 후진으로 골목을 빠져나와야 하는 국면으로 접어들었다. 서서히 차가 움직이자 이번에는 사내가 차의 속도에 맞춰 삼십여 미터를 따라와주었다.

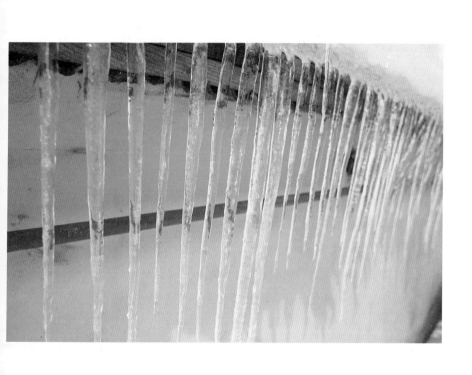

이 와중에도 내가 잠시 괴로웠던 것은 이 사람의 선의에 대한 의문이었다. 참 이상한 것이면서 동시에 다행이다 싶은 상황에서도 나는 '이 사람은 왜 이토록 나를 도와주고 있지?' '이 사람은 그저 내가 무사히 이 골목을 빠져나가기만을 바라는 사람일까?' 하는 의문의 힘으로 핸들을 돌려야 했다. '이런 일에 이렇게 나설 수 있는 사람은 얼마나 있을까' '아무리 내가 이 지경이라도 이렇게까지 할 수는 없는 것이다' 하는 마음으로 후진해 나오던 끝에 삼거리를 만났고 그곳에서 나는 사내에게 고맙다는 인사를 남기고 떠나는 수밖에 없었다. 그가 아니었다면 이 어려움에서 헤어나오지 못했겠으나 그렇다고 다르게 감사 표시를 할 수도 없었다.

다행히 숙소를 구하고 나서 눈 내리는 저녁길을 산책할 겸 밖으로 나왔다. 시장도 보고 서점에도 가고 황지연못에도 들른 다음 다시 그 사고 현장으로 접어들었을 때였다. 좋은 냄새가 나는 어느 식당 안 창가 자리에 아까 그 사내가 다른 여러 사람들과 어울려 앉아 소주를 마시고 있었다. 어쩌면 그의 일행은 내 차가 이 골목을 빠져나올 때까지 봐주었던 주변의 몇몇 사람들일지도 모를 거였다. 또 어쩌면 혼자 술자리 약속에 가는 길에 나를 만났을지도 모르겠고 말이다.

그라는 사실을 알아차림과 동시에 많이도 반가웠던 나머지, 나는 식당 문을 열고 들어가 그 옆자리에 앉아 술 한잔을 따라줄 뻔했다. 마치 오래전부터 알고 지내던 사람처럼 자연스럽게 그 틈에 끼고 싶었지만 그들의 분위기는 그것만으로 그윽했으며 보기에 좋았다. 아무렇지도 않던 속 깊숙한 곳에서 갑자기 꼬르륵 소리가 요동을 쳤다. 그들만의 따뜻한 자리가 진심으로 부러워 '성냥 파는 소년'처럼 오래 눈길에서 있었다. 그 사내를 대신해 내가 슬쩍 술값을 치르면 어떨까 고민도 했지만 내가 값을 치르는 사이 그가 나를 알아볼 수도 있을 것이고, 그렇게 된다면 애초 내 마음과는 다른 상황에 이를 것 같아 그만두자 하고서는 내처 길을 갔다.

그때였다. 얼마쯤 길을 가고 있었을까. 뒤에서 누군가 나를 부르는 소리가 들렸다.

"저기, 잠시만요."

나는 술집에 있던 그가 뛰쳐나와 술 한잔 같이 하자는 청을 하는 거라고만 생각했다. 몸을 돌려 나를 부르는 사람을 쳐다보았다.

"이거, 장갑 흘리고 가셨는데요."

눈길에 내가 흘린 장갑 한 짝을 주워 내 앞으로 성큼성큼 걸어오는 이는 처음 보는 태백 사람이었다.

하나의
나무가
신호를 보내면

산 너머에

똑같이 생긴
나무가
태어난다

엄청난 크기의 숲을 가진 사람이었다. 나는 그 숲에 주인이 있을 거라
고는 생각하지 못했다. 걸음 닿는 대로 들어간 곳에서 인기척이 느껴
져 뒤를 돌아보니 누군가 나를 지켜보고 있었다. 그 상황에서 내가 할
수 있는 거라곤 놀라는 일뿐이었다. 그가 나더러 누구냐고 물었다. 나
는 얼른 대답하지 못했다. 그는 수염이 덥수룩했으며 옷차림은 대충이
라도 갖춰 입지 않은 채였다.
몇 마디가 오고갔을까. 그가 이 숲의 주인이라고 말하는 바람에 이곳
에 들어오면 안 된다는 사실을 감지하고 말았다. 숲에 사는 사람들이

적잖이 있다고 들어왔던 터였고 어느 텔레비전 프로그램을 통해 소개되어 모르지는 않고 있었다. 나는 얼른 숲에서 빠져나갈 방향을 물으려다가 그가 가슴에 품은 마른 나뭇가지를 보고 불 피울 장작을 모으고 있었다는 사실을 알았다. 불을 피울 거라면 나도 잠시 있다 가도 되겠냐고 물었다. 그랬더니 그가 대뜸 먹을 걸 가지고 있느냐고 물었다. 최소한의 거래가 시작되었다.

우리가 마주친 곳으로부터 조금 떨어진 곳에 녹슨 컨테이너가 있었다. 커다란 나무가 맞대고 자라는 그 중간에 도무지 있을 법하지 않은 문명의 덩치가 자리하고 있었다. 돌을 쌓아 만든 화덕의 걸개엔 그을린 냄비가 걸려 있었다.

그가 아무 말이 없는 나의 눈치를 살피더니 몸이 안 좋아 여기서 지낸다고 했다. 내가 불을 피워보겠다고 하면서 나무들을 그러모으자 그는 대접할 것이 없다고 했다. 불길이 타오르고 나는 배낭을 열어 작은 병에 덜어둔 위스키와 해바라기 씨앗을 꺼냈다. 지금 안 먹어도 되니 두고 가겠다고 했다. 잊고 있던 옥수수 반쪽도 꺼내면서, 그가 긴히 쓸 수도 있을 것 같은 수건과 장갑도 꺼내놓았다.

그러는 사이, 내가 가진 최소한의 것들을 모두 꺼내 차려놓은 사이, 몸이 아파서였기도 하지만 사람이 싫어 이곳에 들어왔다는 그의 이야기를 듣고 말았다. 어린 시절, 부모가 집을 나가버리는 바람에 할아버지한테서 길러졌다는 사실까지도.

사람은 누구나 적당하고 좋은 때를 넘기면 몸이 아프고 동시에 사람이 싫어진다고 말을 하려다 꾹 참았다.

불길은 그을음이 없어지고 알맞게 타올랐다. 그가 당분간이 아닌 그곳에서 많은 것이 낫기를 바라며 자리를 떴다. 그가 생각난 듯이 고사리를 가져가라고 나를 몇 번 불렀지만 나는 뒤돌아보지 않았다.

나도 숲이 있었으면 좋겠다. 숲에서 혼자 살았으면 좋겠다. 그렇게 숲으로부터 내 심장에 긴 고무관 하나 연결해놓고 살면 좋은 사람으로 다시 태어나지 않을까 싶다.

무엇보다도 그래서 그가 그 숲의 주인이라고 당당히 말한 것이 마음에 남았다. 그것이 사실과는 다를지는 몰라도 그가 벽돌로 쌓은 집의 주인이라고 내게 자랑하는 것과 맞먹는 일이라고 생각한다. 그래도 그의 숲의 집은 허물어지지 않을 것이다. 나도 숲을 가져봐야겠다. 그렇게 해서라도 내가 이 별의 부속이 될 수 있다면 말이다.

제주에 작업실을 빌려놓고 간헐적 제주의 삶을 사는 내가 제주에서 가장 좋아하는 것은 숲이다. 조금 살아보니 알게 되었다. 그 섬이 안고 있는 매력적인 비밀은 산도 바다도 아닌 숲이라는 사실을.

나 같은 정처 없는 사람에게 한정 없이 풍덩하고 뛰어들었다가 저녁이 다 되어 되돌아나올 수 있는 숲이 있다는 것은 완전히 옳고 당연한 믿음이 되었다. 이제 숲에서 본 큰 나무에 쉬어가는 것은 구름뿐만이 아니라 나였다. 뿌리 근처 우묵한 곳에 몰래 알을 낳는 것은 새뿐만이 아니라 나의 마음이었다. 텐트가 없으니 숲을 가지지 못할 거라는 생각 따위를 나는 이제 고쳐먹어야겠다. 숲이 내 옆에 있으면 좋겠다. 사람들이 부빌 곳을 찾고 있다면 나에게는 그곳이 숲이라면 좋겠다.

당신이 왜 이제는 숲이냐고 나에게 묻는다.

"그건 숲에 흐르는 기운 때문이야. 숲에 들어가 기운을 느끼고 있으면 나약한 스스로에 지배당하지 말고 그 스스로를 넘어서라고 말해주는 것 같은 기운을 느끼게 되거든."

그리고 나는 나무의, 식물의, 꽃들의 데칼코마니 형태가 좋다. 마치 반을 접어서 모양을 낸듯한, 절대 과하게 한쪽으로 치우치지 않는 대칭의 아름다움, 그 엄격한 균형이 인간에겐 없다.

내가 깜박거리고 있는 속눈썹이 속눈썹이 아니라 숲의 나뭇가지였음 싶다. 소멸해 나를 묻게 될 때는 숲이었으면 싶고, 내가 죽어 나를 태울 때는 단 한 평 숲과 함께 태웠으면 한다.

그렇게 하나의 나무가 신호를 보내면 똑같이 생긴 나무가 산 너머에 태어날 것이다. 내가 신호를 보내면 당신도 나처럼 숲을 좋아하거나 이해하게 되고, 저 너머 먼 도시에서 당신도 새로이 태어날 수 있을 것.

숲에서 여름은 익는다. 가을은 그것을 감정한다. 그리고 겨울은 그 모두를 잉태한다. 그리하여 봄은 그 모두를 이해하고 받아 적겠다는 듯 사랑을 시작할 것이다.

숲이 내다보이는 창문을 가지고 산다면.
그 숲에서 아침에 새가 울고,
초록이 바람을 불러 노래를 하고, 겨울에 눈이 내려 쌓인다면.
고개를 들어 숲과 눈이 마주치는 매 순간마다 당신을 떠올리리.

세상에

보탬이
되려고 　　　그랬던 건
　　　　　아닌데

사는 일이 그렇고 그럴 때 나의 이런 이야기는 어떤가.

한 남자 후배가 있다. 그가 어학원엘 다닌다고 하더니 그새 같이 수업을 듣는 한 여자가 맘에 든단다. 어떻게 하면 좋을지 나에게 물어온다. '뭘 어떻게 해?' 하는 표정으로 넉넉해진 후배의 얼굴을 찬찬히 살피다가 서로 자연스레 마주칠 기회는 있느냐고 물었다. 후배는 한 시간 반 수업이 끝나면 이십 분간 쉬는 시간이 있는데 그때 마주칠 기회가 있다고 했다. 나는 사과 하나를 준비해서 그녀랑 나눠 먹으라고 했다. 사과를 먹을 때 반드시 반으로 쪼개서 나누라고도 했다. 사과가

쪼개지지 않을 때를 대비해서 사과에 슬쩍 칼집을 내서 가라고도 했다. 그 두 사람은 연애를 하더니 결혼을 하기에 이르렀다. 차마 눈 뜨고 볼 수 없는 속도였다.

여기에다 하나를 덧붙이자면 빌라에 살았던 때의 이야기다. 연립주택이라는 말에 더 가까운 형태의 집이었다. 한 층에 세 가구가 살았다. 내 옆집에는 한 청년이 살고 있었다. 베란다에 나가 담배를 피우다보면 옆집 청년이 내는 생활의 소음들이 잘 들렸는데, 이를테면 청년의 직업은 간호사이며 그러므로 집에 있을 때와 없을 때가 일정치 않으며 연애를 못해서 안달이 났으며 얼마 안 있어 일을 때려치우고 다른 일을 시작하려고 도모하는 중이라는 사실. 이 모든 정보는 단순히 베란다에 나가기만 하면 자동적으로 귀에 들려오는 것들이었다. 그리고 이웃에 사는 한 처자에게 관심이 있다는 사실까지도.

그 처자는 다름 아닌 바로 내 옆집에 살고 있는 인물로, 베란다에서 바깥을 보고 선 것을 기준으로 치면 왼쪽으로는 청년이, 오른쪽으로는 처자가 살고 있었다. 나는 그 틈에 끼어 살면서 죽은듯이 지냈는데 죽은듯이 지내는 의도가 다른 데 있어서가 아니라 양 옆방의 생활 소음을 엿듣는 재미 때문이기도 했다. '재미'라고 쓰긴 했지만 세상의 소스를 통해 '영감을 받아들이는 과정'이라고 읽어줬음 좋겠다.

어쩌다 왼쪽의 청년과 복도에서 마주치면서 인사를 하게 되었다. 베란다에서 몸을 바깥으로 한껏 빼면 얼굴을 보여줄 수도 있었으므로 베란다를 통해 서로 담배를 빌려주고 갚고 하는 사이가 되었다. 그러던 청년이 나에게 오른쪽 처자에 대해 슬쩍슬쩍 물었다. 나는 그녀에 대해 전혀 아는 것이 없었지만 그렇다고 전혀 알지 못하는 것도 아닌 형

편이어서 이런저런 이야기를 일러바쳤다.

그러다 나는 그만 어떤 영감이 떠오르는 바람에 이러고 만 것이다.

"집에 초가 없는 거 같더라구요. 어젯밤에 잠깐 정전되었잖아요. 되게 당황하고 무서워하던데……."

지난밤 나는 정전이 된 틈을 타 베란다로 나가 성냥을 그어 담배를 물고 있었고 마침 오른쪽 사는 처자 역시도 베란다로 나와 바깥을 살피며 어딘가로 전화를 해서는 초 타령 하는 것을 들은 것이다. 마침내 청년이 처자에게 초를 선물한 모양이었다. 초를 선물하고는 나에게 고맙다며 둘이 잘될 것 같다고 했다. 고맙기는. 그것이 내가 한 일인가. 영감님이 시킨 일이지. 그후 그 두 사람은 가운데 집에 사는 나를 아랑곳하지 않고 활활 사이를 이어갔다. 차마 눈 뜨고는 들을 수 없는 웃음소리를 들었다.

하는 일이 잘되지 않을 때나 되는 일이 없을 때. 할 일이 없을 때도 마찬가지. 그때 시인이 하는 일은 영감을 부르는 일이다. 영감이라는 것이 불러서 오는 것도 아니고 기다려서 제때 맞이할 수 있는 것도 아니니 시인이 하는 일이란 아무 일도 하지 않는 것인지도 모르겠다.

'왜 그런지 모르겠지만 그런 생각이 들거나 왜 그래야 하는지 모르지만 마땅히 그래야겠어서' 영감은 이런저런 일들을 지시하고 시킨다.

영감이라고 해서 늘 굉장한 확신으로 도착지는 않는다. 명중은커녕 꽂히지 못할 때도 많으려니와 뭐라도 잡을 듯이 전속력으로 달려오다가 속도를 잃고 그만 숨이 죽어버리는 경우, 또 매혹적으로 다가오더라도 그걸 제대로 받아낼 수 없는 상태인 경우도 허다하다.

그래도 가만히 기다리는 일이 커다란 일이기도 한 것이 예술하는 사람의 일이다. 무슨 일 하세요, 라고 물으면 절박하게 군색하게 영감의 무엇과 직감의 무엇과 육감의 무엇을 기다리는 일을 합니다, 라고 말해야겠는데 제정신으로는 그 대답을 못하겠으니 직업적 고충이 참 말이 아니다.

그래서 오던 길을 문득 멈춰 서서 한참 뒤를 돌아다보기도 하고, 불쑥 먹던 밥을 중단하고 신발을 신기도 하며, 사람을 앞에 두고 앉아 한없이 아무 말 하지 않기도 하고, 영원히 일어나지 않을 사람처럼 탁자에 얼굴을 묻고 앉아 있기도 하는 것이다.

한 예술가가 이상히도 그러고 있는 것은 급히 바꿔놓거나 정돈해야 할 세계가 있어서 잠시 파도를 맞고 있는 중이라 생각해주시길. 그렇다고 '잠시 파도를 맞고 있는 중입니다'라고 이마에 써붙이고 있을 수는 없어서.

오늘
비행기는

전면
결항입니다

B가 제주엘 갔다. 혼자였다. 눈을 맞다가 그쪽으로 들어섰겠지만 이 한겨울에 차도 없는 중산간도로에 혼자 뭐하러 들어간 것인지, 자신도 도무지 알 수 없는 노릇이었다. 간혹 지나가던 차가 빵빵거리며 눈사람 꼴이 된 B를 태워주겠다고 했지만 그때마다 모자를 눌러쓰고 땅만 보고 걸었다.

산에서 아래쪽으로 난 도로를 걸어 내려와 바닷가 쪽에 도착했을 때 날은 어두워지고 있었고 그나마 다행이다 싶게 눈발도 잦아들면서 가게의 불빛들이 하나둘 눈에 들어왔다. 허기가 몰려왔다. 배낭도 더이

상 어깨에 매달려 있을 수 없다는 듯 저릿저릿 어깨를 짓눌렀다.

아무 곳에나 들어가자 마음을 먹고 제일 먼저 보이는 게스트하우스에 들어갔다. 언 몸을 녹이기 위해 뜨거운 물로 샤워를 하고 방 창문을 열었을 때 흐릿하면서도 선명하게 눈에 들어오는 것은 B가 오래전 만났던, 그러니까 한때 연인이었던 여자의 손글씨였다. 그 손글씨라는 것은 정확히 불 켜진 간판이었는데 〈내 옆에 있는 사람〉이라고 씌어 있는 카페 이름은 저녁 기운 때문에 더욱 선명히 눈에 들어왔다. 꽤 오랫동안 만났으며, 심지어 손글씨가 특별해 그녀가 스태프로 참여했던 광고에도 몇 번이나 써먹었던 옛 연인의 손글씨를 모를 리 없다고 B는 생각했다.

그녀가 제주도로 내려왔다는 소문을 들은 적은 없다. 하지만 소문을 듣지 않았다고 해서 그렇지 않을 거라고 단정할 일도 아니었다. 이상한 건 B의 가슴이 뛰었다는 거였다. 그 뛰기가 조금 다르다 싶었던 것은 콧속으로부터 뭔가 알 수 없는 물기가 한 바퀴 회전하는 기분이 들어서였다.

B는 뭔가 밀리고도 당기는 힘을 어찌지 못하고 카페 안으로 들어섰다. 그녀가 맞다면.

"혹시 이 간판 글씨 누가 쓴 거죠?"

"네? 왜 그러시는데요?"

카페의 스태프로 보이는 젊은 남자의 반응으로는 적당하다 싶었다.

"내가 아는 사람이 쓴 글씨가 틀림없어요."

"그럼, 그분한테 물어보는 게 빠르겠어요."

남자 스태프가 음악 소리를 줄이면서 유난스레 퉁명을 떨었다. 생각할 시간이 있으면 좋겠다는 생각을 하면서 B는 자리를 정하고 앉았다. 테이블 위의 메뉴판에도 그녀의 글씨가 있었다. 작게 쓴 글씨는 더욱 더 그녀의 글씨였다.

그저 그런 맛의 커피 한 잔을 마시고 커피값을 계산하려고 계산대 앞에 섰는데 이번에는 남자 스태프가 그나마 부드럽게 말을 건넸다.

"저 글씨 쓴 친구, 내일 내려온대요."

그가 경계하는 듯도, 비아냥을 섞는 것 같기도, 으스대는 것 같기도 했지만 그것이 무엇인지는 몰랐다. 축축한 두루마리 화장지가 온몸을 덮는 기분이 들었다.

"누가요?"

"친구요. 방금 전에 항공권 끊었다고 문자 왔어요."

이제는 남자 스태프의 얼굴에 더 많은 의심이 채워졌다. B가 말하는 사람과 자신이 아는 사람이 맞는지 제대로 알고 싶어하는 게 분명했다.

내일이라는 말에 B의 속이 알싸했다. 그가 스태프가 아니라 주인인지 물으려다가, 아니 어쩌면 친구라는 것이 여자친구를 말하는 것인지를 물으려다가 B는 자신도 모르게 불쑥 내일 올게요, 라고 말하고는 카페 문을 열고 나왔다.

밖에는 천천히, 아주 천천히 다시 눈이 내리고 있었다.

난리가 따로 없었다. 제주에 강한 돌풍을 동반한 눈보라가 쏟아지는 바람에 오후 들어 제주공항으로 떠난 항공기들조차 회항하는 사태가 벌어졌다. 스케줄을 바꾸는 사람들, 끊임없이 뭔가를 요구하는 사람들, 그리고 B처럼 한숨이나 내쉬는 사람들이 마구 뒤엉켜 있었다.
B는 생각했다. 저들도 누군가 내려온다는 사람을 피해 도망치듯 올라
가려는 사람들일까. 제주공항에 넘쳐나는 것은 사람들뿐만이 아니라
굉장한 열기, 그리고 그 열기로 달아오른 사람들의 미묘한 냄새였다.
어쩌면 그녀가 타고 내려온 같은 비행기를 타고, 어쩌면 같은 자리에
앉아 올라갈지도 몰랐다. 그녀가 맞다면.

혹시나 하고 기다리다가 역시나 내일 아침 일찍 비행 스케줄이 확정
되면 전화를 주겠다는 말만 듣고 택시 승강장에 섰다. 택시 승강장 역
시도 허탕을 친 사람들이 긴 줄을 선 채로 일제히 휴대전화를 붙들고
있었다. 앞에 서 있던 사내가 불쑥 고개를 돌려 B에게 뭐라고 묻기 전
까지 B는 그저 아무 생각이 없었다.

"어디 잘 데 있어요?"

낯선 사내가 B의 처지를 어떻게 아는지 잘 데가 없어 보인다는 확신
에 찬 얼굴로 물어왔다.

"내가 아는 싼 숙소가 있어요. 오늘 같은 날은 숙소 구하기도 쉽지 않
을 테니깐."

택시비를 반반 내자는 말로 알아들었다. 사내는 낚시 가방과 반듯하
게 각이 진 통 같은 것 하나를 들고 서 있었다. 하루종일 어디서 시달
렸는지 꼴이 고약스러웠다.

자주 제주를 오는 사내 같았다. 구시가지 어디쯤에 차를 세우더니 앞
서 걸었다. 조금 걸으니 여관이 나왔다. 먼저 방을 정한 사내가 계단으
로 올라갔다. B도 방값을 치르고 방으로 올라가는데 열어놓은 문 사
이로 B가 지나가는 걸 봤는지 사내가 맨발로 나와 말했다.

"저녁은 우리 방에서 하시는 걸로. 이것도 인연인데."

B는 무슨 말인지 못 알아듣겠다는 듯 눈을 크게 떴다. 와서 저녁 먹으라구요. 방도 바로 옆이네요. 퉁명스럽게 말하고 사내가 자기 방으로 들어갔다. 저녁을 어떻게 먹으라는 건지, 샤워를 마치고도 궁금증이 가시질 않아 그의 방으로 가보았다. 사내는 아예 방문을 열어놓고 있었다.

방의 절반을 차지해가면서 벌여놓은 판을 보고 B는 잠시 놀랐다. 신문지를 깔고 사내가 회를 뜨고 있기 때문이었다. 낚시로 잡은 물고기들이 사각의 통 안에 몇 마리 쓰러져 있었다. 벌써 슈퍼에 다녀왔는지 초장이 보였고 검은 봉지에는 한라산 소주와 컵라면의 귀퉁이도 언뜻 보였다.

"거기 앉아요. 내가 마누라한테는 친구 만나 운동하고 온다고 거짓말을 하고 일 년 만에 제주도를 오지 않았겠어요? 얼마나 제주도 섬 낚시를 하고 싶었는지. 첫 비행기로 왔다가 저녁 비행기를 탔어야 하는데 그만 이렇게 됐네요."

작고 무뎌 보이는 칼로 생선의 몸통을 자근자근 절단하면서 사내가 말했다.

"그래서 뭐라고 하셨어요? 오늘 무려 제주에서 외박을 해야 하잖아요."

B는 이토록 발칙한 여행을 감행한 사내의 거짓말 처리 능력이 궁금해졌다.

"일단 우리 소주나 한잔하고 생각해보십시다."

소주 한두 병으로는 어림도 없을 정도로 물고기들이 두텁게 썰린 채 산더미처럼 쌓여갔다. 열어놓은 여닫이 창문 틈새로 비릿한 바람이

성큼 들어왔다. 덜컹이는 창문을 닫으려고 B가 자리에서 일어나자 사내가 중얼거리듯 말했다.

"고장났는지 창문이 잘 안 닫히던데, 낚싯줄 같은 걸로 묶어야 하나?"

사내가 낚싯줄을 건넸다. B는 창문 앞에 서서 낚싯줄로 창문을 매두려면 길이가 얼마나 돼야 할지 가늠하면서 그녀를 떠올렸다.

여닫이 창문의 손잡이는 잡자마자 헐렁하게 빠졌다. 하필 손잡이를 잡으면서 그녀를 떠올려서 그렇게 된 거야, 하고 생각하며 B는 자신의 손에 힘없이 쥐어진 창문 손잡이를 내려다보았다. 손에 녹가루가 묻어났다.

그래. 그녀가 온다는데 할 수 있는 일이란 게 겨우 도망가는 일이라니.

어쩌면 제주에 며칠 더 머물면서 두어 번 그 카페에 들를지도 모르겠다고 생각했다. 그녀가 맞다면.

길 위에서
스치고

이파리처럼
물들다

미국에는 큰 산맥을 타고 이어지는 트레일 코스가 여럿 있다. 스페인의 산티아고 순례길을 연상하면 쉬운데 대신 산이라서 어려움이 있다. 산을 타는 여정이니 준비해갈 수 있는 음식과 물이 한정적인데 산마을에 사는 주민들은 트레킹을 하는 여행자들이 다니는 길에 아주약간의 음식을 내놓기도 한다. 때로는 얼음 바구니에 담긴 생수이거나 막 딴 과일이기도 하고 비상약일 때도 있으며 운이 좋은 어느 구간에서는 샌드위치도 만날 수 있다. 힘겨운 산길 위에서 예기치 않게 만나게 되는 그런 행운을 '트레일 매직'이라고 부르고 그렇게 마음을 쓰는 산골 사람들을 '트레일 엔젤'이라 부른다. 참 멋지다. 한 달 넘게 최소한의 장비를 메고 산을 타는 사람들도 멋있지만 그 산중의 길 위에 '인간의 표시'를 남겨놓는 마음 또한 멋있다.

미국 산악 트레일을 해본 적은 아직 없지만 나도 길 위에서 엔젤을 여러 번 만났다. 스웨덴과 핀란드 국경에서 눈 속에 파묻힌 차를 꺼내준 큰 트럭의 운전기사, 아이슬란드 눈길에서 펑크난 타이어를 교체하지 못해 쩔쩔매고 있을 때 긴 시간을 애써준 시골 아저씨, 지갑을 도둑맞았을 때 나타나 며칠을 재워주고 먹여주고 했던 아르헨티나의 교포 김선생님, 독일 프랑크푸르트에 갔을 때 도시의 큰 축제 때문인지 시내의 모든 호텔이 만실이 됐을 때 삼십 분 동안을 수소문해 도시에 남은 단 하나의 호텔방을 잡아주었던 어느 호텔의 직원…… 길에서 얻어먹은 그 수많은 옥수수와 고구마들은 또 어땠나. 히치하이크에 응해주거나 길을 몰라 헤맬 때 손을 잡아끌고 직접 데려다주었던 어두운 밤길 위의 천사들……

인스타그램을 시작한 지 얼마 되지 않았을 때, 처음이라 그것이 신기해 내 이름과 관련된 이런저런 피드를 찾아 구경할 때였다. 어느 한 청년이 내 시집을 여러 권 들고 제주를 여행하고 있는 게 눈에 들어왔다. 바닷가에 텐트를 치고는 잠들기 전 꼭 내 시집을 몇 장 읽고 잠들곤 하는 것이 인상적이었다. 그것도 그런 날이 꽤 여러 날이 되었다. 일단은 누구나 하기 어려운 텐트 여행을 하는 게 참 멋진 일이구나 싶었지만 얼마나 힘들까 생각하니 좀 그랬다. 게다가 이번에는 나의 제주 작업실 근처 바닷가로 옮겨 텐트를 치고 지내길래 생각을 하고 하다가 메시지를 보냈다.

"바닷가 근처에 내 작업실이 있는데 열쇠 있는 곳을 가르쳐줄 테니 문 열고 들어가서 씻고 좀 쉬세요."

내 글을 읽은 청년은 답이 없었다. 이상했다. 약간 무안하기도 했다. 어떻게 어떻게 통화도 되었지만 청년의 반응은 고맙다고만 할 뿐이었다. 나도 트레일 엔젤이 되어보고 싶은데 이것참.

그로부터 일주일쯤 지나 제주에 내려갔다. 그가 여행을 마치고 다음 날 올라간다는 글이 피드에 올라왔다. 내가 점심을 사주고 싶다고 했더니 청년은 저녁이 좋겠다고 했다.

청년에게 저녁을 먹였다. 혼자인 여행자로서는 엄두가 나지 않았을 고기를 지글지글 구웠다. 왜 작업실에 가서 지내지 않았느냐고 물었다. 그랬더니 아버지로부터 '모든 사람은 일단 의심해야 한다'고 어려서부터 가르침을 받았다고 했다. 그리고 나와 통화를 하면서도 '내가 자기가 아는 그 사람'인지 반만 믿었다고 했다. 나는 그 말에 살짝 속이 데이는가 싶었으나 오히려 요즘 세상에 그렇게나 사실 그대로 말할 수 있는 천진함에 감동받으면서 속을 베이고 말았다. 잠시 화장실에 다녀온 그가 나에게 말했다.

"저 화장실 가서 뭐했는지 아세요?"

화장실에서 할 일이란 것이 뻔한 일 아니라면 뭐가 있겠는가.

"내일 올라가는 비행기표 취소했어요."

그가 해맑게 웃으며 자리를 끌어 앉았다.

그를 작업실로 데리고 들어오는 길, 성산일출봉이 또렷이 보일 정도로 밤길이 환했다. 작업실에 도착해 청년에게 마당에다 텐트를 치라고 말했다. 청년의 큰 눈이 동그래졌다. 방에다 청년을 위한 이불을 펴주고 마당으로 나온 나는 텐트 속으로 들어가 매직 같은 잠을 청했다.

사람이   꽃

깊은 잠이었다. 좀처럼 깨어날 수 없는 잠을 자고 있었다. 무엇도 할
수 없으며 아무것도 찾아와주지 않는 힘겨운 날들이었다. 얼음 동굴
속에라도 들어갔다 나왔으면 싶은 날들이 계속되었다. 아니면 거대한
태풍의 눈 속에라도 휩쓸렸으면 싶었지만 모든 감각은 잠에 취해 있었
다. 감각이 죽어버린 게 아닌가 싶어 어느 날은 하루 온종일 집 안에
있는 유리를 닦았다. 닦아도 닦아도 나는 흐릿했다.

비유하자면 그즈음 나는 바나나 껍질에 미끄러졌다. 미끄러지면서 나
는 분명 어떤 좋은 향기를 맡았다. 그 일과 동시에 잠이 달아났다. 이

를테면 굶주린 사람처럼 헤매며 걷다가 패스트푸드 가게에 들어가 설탕봉지 세 개를 집어 한가득 손바닥에 부은 다음 설탕을 마구 핥아먹고는 살아난 사람이 되었다.

오랫동안 뒤집어쓰고 지냈던 이불을 세탁했다.

한 계절 동안 내가 알게 되었고 겪게 된 한 사람을 둘러싼 이야기를 통해 나는 되살아난 것이다.

상인과 내가 산수유를 보러 가기로 한 곳은 경상북도하고도 의성이었다. 외주제작사의 프로듀서로 있는 상인과는 두어 번 일로 만난 적이 있는 사이. 많이 가까워지진 않았지만 굉장한 곳이 있으니 같이 가자 하길래 무작정 따라나선 것은 삼월의 기운들처럼 자연스러웠다.

"아침 못 드셨죠? 뒷자리에 봉투 하나 있는데 거기에 샌드위치 있어요. 아침에 생각이 나서 막 만든 건데 드세요."

'생각이 나서 막 만들었다'는 말이 재미있어서 나는 상인의 그 말을 되씹고 있었다.

"카페 하실 거면 어떤 카페 하실 건데요?"

상인이 나에게 물었다. 두번째 만나던 어느 날 밤, 서로 나눈 이야기가 떠오른 모양이었다.

"음. 사람이 많이 오지 않는 카페요."

삐딱하게 말했지만 상인에게 삐딱한 마음이 있는 것은 아니었다.

"네. 이해합니다."

"뭘요?"

"자기 공간을 가졌다는 게 중요한 것이지 수입 올리는 건 부차적이란 말씀이잖아요? 책도 읽으시고 음악도 듣고 싶은 거죠? 혼자서요."

"어떻게 그렇게 잘 알죠? 사람 마음을?"

"누구나 그런 카페를 갖고 싶어하죠. 누구나요."

나만 그런 게 아니라는 말에 슬쩍 귀가 열렸다. 저렇게 일방적인 말을 하면서도 어쩌면 그렇게 예의를 갖출 수 있는지. 상인은 처음부터 남다른 데가 있었다. 이번엔 내가 물었다.

"사람을 좋아하나봐요."

"조금 관심만 있어요. 왜 제가 사람을 좋아한다고 생각하셨어요?"

"사람을 좋아하니 사람을 잘 읽는 거겠다 싶어서요."

"사람을 좋아한 적은 있었어요. 한때는 사람을 너무 좋아해서 어쩌면 나는 수도사나 스님이 될지도 모른다는 생각도 했었어요. 너무 좋아하면 안 되니까, 사람은⋯⋯."

사람이 아니면 무엇을 좋아해야 할까. 나는 잠시 오른편으로 고개를 돌려 바야흐로 연둣빛이 시작되는 산을 바라보았다. 특별히 기대한 것도 그렇다고 뭔가 대단한 걸 보겠다고 나선 길은 아니었지만 남쪽으로 향하고 있다는 사실만으로도 마음의 심지가 달라지고 있었다. 얼마나 내려간 걸까. 어디선가부터 한 그루 두 그루 산수유가 보이기 시작하더니 어느 지점부터는 사태가 났다 싶을 정도로 무더기무더기로 산수유나무가 보였다. 산수유나무 한 그루 자체로도 썩 괜찮은 자태를 지녔다는 건 이미 알고 있었지만 마을 주변으로 겹겹이 자라고 있는 모습을 보니 슬며시 숨이 눌렸다. 초록에는 익숙했어도 이만큼의 연두에는 눈길을 줘본 적이 없구나 싶어 슬쩍 미안한 마음까지 들었다. 산수유 연두는 사람을 그렇게 만드는 구석이 있었다.

"정말 좋은 곳이네요. 처음 온 건 아니라고 했지요?"

상인은 전에 여자친구랑 온 적이 있다고 말했다. 온몸에서 서서히 빨아낸 연두를 한꺼번에 뿜어내는지 당최 정신이 없는 연두였다. 며칠 뒤가 축제의 시작인데 축제 직전으로 날짜를 잡은 것 또한 배려심 많은 상인다웠다.

사진을 찍느라 혼자 뒤처진 것인지 앞서 걷던 상인을 놓치고 말았다. 그렇게 한 시간가량을 조그만 산길을 따라 피어 있는 산수유나무의 꽃들을 보다가 마을 초입에서 나를 기다리고 있는 상인을 만났다. 마을 입구에 작은 주점을 섭외해놨다며 같이 가자고 했다. 축제를 앞두고 준비하느라 문을 열지도 않았는데도 이미 아주머니 몇 분을 사귀어놓고 있었다. 파전을 시켜놓고 막걸리도 달라고 했다. 상인이 몇 년 전에 왔을 때보다도 더 좋은 시기에 온 것 같다고 했다. 그러면서 설핏 여자친구를 회상하는 것 같았다.

"그 여자친구 이야기 좀 듣읍시다."

놓을 수 없는 생각으로 가득찬 것인지 상인의 눈가가 묵직해졌다. 내가 물으면 다 말해야 될 것 같다고 언젠가 그러더니 드디어 입을 열었다.

"헤어졌어요. 한 여섯 달 정도 됐나봐요."

"그러니까, 그 헤어진 지 여섯 달 된 여자친구 이야기를 좀 듣자구요. 안주 나오기 전에 안주 삼아."

상인이 첫잔을 급히 비웠다.

"예쁘고, 착하고, 운이 좋았더라면 같이 살았을 수도 있을 그런 친구였어요. 연애를 해보셔서 그런 경험이 있겠지만, 정말 다른 별에서 온 사람이 맞아요, 여자는. 삼 년 넘게 굉장히 좋게 만났는데. 같이, 아무도 모르는 데 가서 살자고 약속도 했는데."

그의 말은 뚝뚝 끊겼다가 점점이 이어지면서 마치 어떤 동굴에 들어와 있는 것처럼 울리는 소리를 내고 있었다.

"아무도 모르는 곳이라니 낭만적이네요. 아무도 모르는 데에 가서 살고 싶은 사람은 어떤 사람인데요?"

척척하게 내가 물었다.

"글쎄요. 보기만 해도 눈물이 나는 사람? 좋아서요. 물론 그 사람 때문에 바보가 되기도 하고, 먹통이 되기도 하죠. 한쪽에서 많이 좋아하면 가질 수 없다는데, 그렇다는데. 그러면서도 내가 많이 좋아했던 사람……."

이번에는 내가 막걸리잔을 비울 차례였다. 잔을 비우고 그의 말을 기다렸다.

"언제 한번은 둘이 만나기로 한 날이었는데 소나기가 갑자기 쏟아지는 거예요. 내가 먼저 카페에 도착해서 그 친구를 기다리는데 아니나 다를까 비를 흠뻑 맞고 뛰어들어오더라구요. 그때 그런 생각이 들었어요. 비 맞히기에도 아까운 사람."

"그런 사람하고 어떻게 헤어져요? 굉장한 인연인데 무엇 때문에요?"

질문은 이렇게 했지만 사람이 헤어지는 것에는 별 이유가 없는 법이다. 사람이 만나지는 이유가 특별한 것에 비하면 말이다.

"불쑥 뉴질랜드에 가겠다는 거예요. 혼자서요. 가서 어학공부도 좀 하고 딱 일 년만 있다가 오겠다고요. 불안했어요. 불안하지 않을 사람은 없겠지요, 그런 상황에서. 꽤 오래 그 문제로 다투고 설득하고 해봤지만 꿈쩍도 하지 않았어요. 그걸 하지 않으면 다시 나를 만날 수 없다는 식이었죠. 그래서 제가 데려다주겠다고 했어요. 가서 자리잡는 것까지만 보고 오겠다고. 어차피 같이 가자는 말은 한 번도 꺼내지 않았기 때문에……."

이 정도 수위의 이야기를 털어놓는 사내가 겨우 몇 번째 만나는 사람이라니. 따뜻한 온도를 가진 사람이란 건 어느 정도 알았지만 이번엔 굉장히 뜨거운 파도가 들이치는 기분이었다. 상인은 여섯 달이 지난 일들을 꺼내놓으면서도 여전히 과거의 시간에 깊숙이 관여하고 있었다. 육중한 문을 열었으니 그 문을 쉽게 닫을 것 같지도 않았다.

"그런데 말이죠."

상인은 계속해서 말을 이었다.

"어디서부터 뭐가 잘못된 것이었을까요?"

그리고 침묵이 흘렀다. 그 침묵은 누구의 편도 아니어서 아주 냉랭했다.

"뉴질랜드에 잘 도착했다고 몇 번이나 메일을 주고받던 그녀가 말이죠. 뉴질랜드에 있었던 게 아니었어요."

그때까지 나는 의식적으로 그의 눈과 마주치지 않으려 했지만 그럴 수가 없는 상황에 이르고야 말았다. 내가 물었다.

"아니, 왜요? 그럼 어디에 있었는데요."

상인이 대답했다.

"서울에요. 그것도 시내 한복판에요. 선배가 정확히 봤대요."

내 입이 벌어졌고 오래 다물지 못했다.

"그래서요. 그래서 어떻게 됐는데요."

"집으로 돌아와 그녀에게 잘 있냐는 메일을 보냈습니다. 몇 시간 뒤에 그녀로부터 메일이 도착했고, 메일을 여는데 정말 손이 부들부들 떨리더군요. 아주 잘 지낸다고 했습니다. 뉴질랜드의 화창한 날씨가 좋다고 하는 끝인사도 빼먹지 않았습니다. 그게 다예요."

"떠나기로 한 거네요. 근데 방법이 그래야만 했던 거군요."

내가 말하자 상인은 조금씩 여러 번에 걸쳐 잔을 비우고 바깥을 내다보며 말했다.

"내가 많이 좋아하니까 좋아하는 만큼 좋아하면 되는 줄 알았는데, 그랬는데. 그렇게 돼버렸네요."

아름다웠던 낮과 밤은 그대로 두어야 한다. 사랑하지 않는 사랑이라면 다른 세계로 옮겨가야 한다. 더이상 감정을 위조할 수 없다면 새로운 시간과 새로운 사람으로부터 새로운 충격을 받는 것이 필요하다. 그러기에 사랑을 사려드는 이는 있지만 이별은 값이 엄청나서 감히 살 수도 없다. 그래서 이별은 사랑보다 한 발자국 더 경이에 가깝다.

내가 물을까 말까 망설이다 물었다.

"혹시 다른 사람이 있는 건 아니었을까요? 다른 사람이……."

상인은 일단 한숨으로 그 말을 받았다. 그렇게 일그러진 모습을 한 얼굴은 상인을 만나고 처음이었다.

"사람이란 게 그렇잖아요. 그걸 끝내 확인하고 말 것 같아서, 그렇게까지 상황을 몰아가고 싶진 않아서 그냥 무작정 남쪽 섬으로 갔어요. 외서도라는 섬을요. 뭐든 멀어지면 나아지겠지라는 마음으로 섬으로 향했다면 건강한 정신을 가진 사람이었겠죠. 하지만 단지 같은 하늘 아래 있는 게 싫었습니다. 뉴질랜드 갔다고 했을 땐 다른 하늘 아래 살고 있어서 힘들었는데 이젠 같은 하늘 아래라고 생각하니 고통스러웠습니다. 섬에 들어가서 민박집에 방 하나를 잡고 거의 누워만 있었습니다. 죽을 것 같으니 누워 있는 것밖엔 할 수 있는 게 없더라고요. 아무것도 먹지 않았어요. 바람 소리, 파도 소리 같은 걸 듣긴 했었죠. 그때 집주인 할아버지가 방에 들어와 나보고 일어나라고 하더라구요. 아주 무서운 소리로요. 같이 밥 먹고 바다에 나가자고 하셨어요. 나를 당신의 안채로 데리고 가서는 새로 지은 밥을 차려놓고 먹으라며 제 손에 숟가락을 쥐여주셨어요. 밥이 넘어가데요. 할아버지를 따라 고기를 잡으러 나갔습니다. 한 시간 정도가 지났을까요. 고기가 잡히지 않는다면서 집으로 돌아가자고 했습니다. 나는 어렴풋이 알았습니다. 할아버지가 고기를 잡으러 나온 게 아니라 그냥 나를 위해 배를 몰았다는 걸요. 그때 그 잔잔한 바다에 노을이 덮쳤어요. 그때 머리를 맞은 듯이 한 가지 생각이 스쳐지나갔습니다. 내가 태어난 이후로 난 아직 그 어떤 시작도 하지 않았다, 라는 생각이 말입니다."

땅만 바라보고 살았던 사람에게 어느 밤의 별들은 그 사람을 다른 세계로 이끌어준다. 이 세계가 아니면 다른 세계는 절대 존재하지 않을 거라고 믿게 하는 사랑. 그 사랑은 몇 번의 세계를 거치고 훈련하면서 먼 우주로 나아갈 수 있다. 작은 물이 모여 바다로 간다는 그 말처럼 사랑은 고통을 치른 만큼만 사랑이 된다.

"할아버지는 몇 년 전 할머니를 먼저 저세상으로 보낸 분이셨어요. 시간이 좀 지나고 그물 손질하는 할아버지 옆에 앉아서 구경을 하고 앉아 있는데 할아버지가 저한테 물었어요. 좀 나아지는 것 같냐고. 그래서 뭐가요? 라고 물었죠. 그랬더니 대뜸 사랑에 실패했지? ……어떻게 아세요? 물었더니 무엇에든 실패한 사람이 아니면 혼자 여기까지 와

서, 그렇게 넋 빠진 사람처럼 오래 이럴 수가 없는 거라구요. 그러면서
그러시데요. 한꺼번에 다 잊으려고 하지 말라고. 그러기엔 힘이 든다
고. 힘이 들면 살 수가 없는 거라고."

상인의 고통이 전해지는 것 같아 얼른 그 자리를 피하고 싶은 마음마
저 들었다. 쉽게 끝나지 않을, 끝낼 기미를 보이지 않는 이야기들을 입
에 물고 있는 사람이라는 생각을 지울 수 없었다.

마침 이렇게 안에만 있어서야 되겠냐며 상인이 밖으로 나가자고 했다.
나가자마자 상인은 개울이 있는 방향으로 걸었고 그곳에 쭈그려 앉은
채로 얼굴을 씻었다. 사슴 한 마리가 물가에 나와 오랜 갈증을 씻으
려는 듯 물에 얼굴을 담그고 있는 모습 같았다. 그 뒷모습을 바라보는
나는 얼마쯤은 그에 대해 알았다고 감히 생각하지 말아야겠다고 마
음먹었다.

어느 날 저녁, 상인의 전화를 받았다. 술 한잔했으면 좋겠다는 전화였
다. 나도 바라는 바였다. 그녀는 돌아온 것일까. 그리하여 두 사람은
이 힘겨운 강을 건넌 다음 서로를 잘 이어갈 수 있을까. 나는 그게 궁
금하여 안 그래도 그에게 술 한잔을 청할 참이었다.

마른 듯 보이는 얼굴로 나온 상인은 그녀의 소식을 들었다고 했다. 나
는 놀랐다. 그리고 그가 하는 이야기를 듣고 더 놀랐다.

상인은 다시 한번 여자가 뉴질랜드에 가지 않은 것이 확실하다고 말
하면서 말문을 열었다. 그렇다면 여자는 어디에 있었던 것일까. 여자
는 상인과 만난 이후에 두 사람이 들렀던 공간을 하나하나 돌면서 두
사람이 가졌던 내밀한 시간들을 혼자 곱씹고 있노라고 했다. 나는 그

말이 무슨 말인지를 모르겠다며 다시 말해달라고 했다.

"그러니까 여자친구는 우리가 다녔던 식당, 카페, 미술관. 하다못해 같이 다녀왔던 강화, 순천 등지를 다니면서 우리가 그동안 어땠는지를 돌아보고 있었어요. 심지어 우리 두 사람을 기억하는 사람을 만나면 이렇게 묻기도 했대요. 우리가 어울리는지. 우리가 잘될 수 있을지를."

"왜 그랬을까요? 그냥 조금만 노력해서 이어가면 될 것을……."

"나와 관련된 감정 모두를 잊기 위한 노력이죠."

"설마. 잊으려고 그럴 수는 없어요."

"아니요. 나와 계속해서 이어갈 뭔가가 있다면 지금쯤 내 앞에 나타났겠죠."

안 좋은 예감 앞에 무릎을 꿇는다는 건 나처럼 이야기를 듣는 입장에서도 고통스러운 일이었다. 내가 단정적으로 고개를 저었다.

"아니요."

붉은 눈빛으로 상인은 나에게 아니라고 하더니 내 표정을 찬찬히 읽었다. 그러고는 내 물을 바닥에 약간 따라 버렸다. 그러더니 자신의 물컵 옆에 내 물컵을 맞대어놓고는 단호하게 말했다.

"여기 사랑을 하는 마음이 있구요, 여기 헤어져야겠다는 다른 마음이 있어요."

정확히 맞닿은 두 개의 물컵에는 명백히 똑같은 양의 물이 들어 있었다. 두 군데 담긴 물은 컵이 쓰러지지 않는 한 섞이지 않을 거였다. 심장에 차갑게 파고드는 '분열'이라는 단어를 떠올리면서 나는 몇 번이나 가로젓던 고개를 그제서야 끄덕였다.

내 옆에
있는

사람

이 사실을 알기까지 오래 걸렸습니다.

내가 좋은 사람이 되지 않으면
절대 좋은 사람을 만날 수 없다는 것을요.

내가 사람으로 행복한 적이 없다면
다른 사람을 행복하게 해줄 수 없다는 것을요.

내 옆에 있는 사람이 왜 그 사람이어야 하느냐고 묻는다면
내가 얼만큼의 누구인지를 알기 위해서라는 것을요.

우리
모두의

감정과
상관없이

아빠는 딸이 그토록 키우고 싶어하는 원숭이 한 마리를 사기로 했다.
아빠의 직업은 항해사였다. 하면 안 되는 거였지만 그래도 해보는 거
였다. 가끔 우리는 사랑 앞에 눈이 멀기도 하는 거니까.
태국으로 출장을 간 아빠는 원숭이 한 마리를 살 수 있는 곳을 물었
다. 딸아이가 좋아할, 그리고 딸아이와 함께 잘 성장해줄 어린 원숭이
를 고르고 골랐다. 그리고 한 마리의 어린 원숭이와 눈이 마주쳤다.
목포항에 배가 도착을 하면 세관원들의 눈을 교묘하게 피하기만 하면
될 것이었다.

긴 항해가 이어졌다. 항해하는 동안, 어린 원숭이의 상태가 문제였다. 동물시장에 갇혀 있다가 팔려왔으니 그 불안으로 마음이 좋지 않을 거였다. 쉽게 반항하고 쉽게 마음을 주지 않았다. 대책을 강구하던 항해사는 먹이로 다스리리라 마음을 먹고는 굶기다가 소량의 먹이를 주고 또 굶기다 먹이 주기를 반복했다. 어느덧 원숭이는 주인에게 마음을 열기로 했다. 같이 잠도 자고 같이 목욕도 하곤 했던 배 안에서의 처음 며칠은 그래도 좋은 날들이었다.

며칠 후, 베트남의 다낭을 지날 때쯤의 일이었다.

원숭이가 바람에 실려온 땅 냄새를 맡았다. 자유의 냄새였다. 원숭이는 탈출을 시도했다. 저멀리 보이는 땅에서 맡아지는 달착지근한 과육의 냄새는 지금처럼 배를 타고 어딘지 알지도 못하는 곳으로 향하는 것보다는 그쪽으로 건너오는 게 나을 거라 시키고 있었다. 원숭이는 마음을 다잡고 힘차게 바다로 뛰어내렸다.

하필 원숭이가 탈출하는 모습을 목격한 갑판원은 항해사에게 달려가 원숭이가 탈출했다는 사실을 알렸다. 놀라서 달려온 항해사는 갑판에 매달려 바다 위에 떠 있는 원숭이를 내려다보았다. 원숭이는 사력을 다해 헤엄을 쳤지만 바람인지 파도인지에 떠밀려 멀리 나가지 못한 채 힘에 부쳐하고 있었다. 육지까지 헤엄을 쳐서 도착하기에 원숭이는 너무 어렸다.

항해사는 비상시에 쓰는 장대를 들고 와 바다에 내렸다. 원숭이는 하는 수 없이 장대를 잡고 배 위로 오르는 길을 택했다. 항해사와 바닷물에 흠뻑 젖은 원숭이가 숨을 고르며 나란히 앉아 있었다. 항해사는 아무 말 없이 먼 데만 바라보았고 원숭이는 물을 뚝뚝 흘리며 바닥만 내려다보고 있었다. 항해사는 뭐라고 말을 하고 싶었으나 속에서 미어 터져나온 그 말을 원숭이가 알아들을 수 있을 것 같지 않았다. 원숭이도 마찬가지였을 것이다. 뭐라고 미안한 마음을 변명해야겠으나 그걸 어떻게 해야 하는지 몰랐을 거였다.

다시 가야 할 길은 멀고 가야 할 날들은 많이 남아 있었다. 둘은 서서히 화해했다. 좁은 배 안에서 그것은 차라리 쉬웠다.

마침내 목포항에 도착했다. 여느 때처럼 세관 직원들은 배 안을 수색했다. 우리가 아는 바대로 안보위해품과 마약은 물론 동식물의 반입은 철저히 금지되어 있었다. 항해사는 원숭이에게 사용하지 않는 욕실에 들어가 있으라 하고 밖에서 문을 잠갔다. 그곳은 세관 직원들도 늘 의심 없이 지나치는 곳이었다. 하지만 원숭이는 바깥 상황을 알지 못한 채 욕조에서 물을 틀어놓고 물놀이를 하다가 제 기분에 취해서 이런저런 소리를 냈던 것이다.

세관 직원이 그곳 문을 열라고 했다. 물놀이를 하고 있던 어린 원숭이 한 마리와 세관 직원의 매서운 눈이 마주쳤다.

"너 뭐야? 얼른 일루 나와."

원숭이는 말을 알아들었다기보다 상황을 알아채고는 순순히 세관 직원의 손에 이끌려 배에서 내렸다.

목포항에 살아 있는 동물이 도착한 것은 처음 있는 일이었다. 격리수용할 공간도 마련돼 있지 않았다. 어떤 결정을 내려야 하긴 하겠는데 모두가 난처한 입장이 되었다.

항해사에겐 딱하고 안된 일이었지만, 일단 세관 직원이 원숭이를 자신의 집에 데려다놓기로 했다. 전염병을 퍼뜨릴 가능성이 있으니 우선 마당 구석 빈 닭장 안에 가두었다.

어떤 결정이 내려지기까지 한 달여 시간 동안 세관 직원과 가족 모두는 원숭이에 빠져 지냈다. 그럴 수밖에 없는 것이 곰살맞게도 사람을 잘 따랐다. 식구들은 리모컨을 가져다달라고 하면 리모컨을 가져오고 꽃에 물을 주라고 하면 꽃에 물을 주는 '사람스러운 존재'에 빠져들었고 마음 이상의 것을 나눌 수밖에 없었다.

무엇보다 원숭이는 슬프도록 인간적이었다.

사랑스런 원숭이와 함께 지낼 수 있었던 그 아름다운 시간들이 안 좋은 소식에 떠밀려 망쳐버릴 거라고는 한 치의 의심도 할 수 없는 날들이었다. 그러나 우리 모두의 감정과 상관없이 세관으로부터 전달받은 원숭이 처분 서류의 빈칸에는 '화형(火刑)'이라는 두 글자가 적혀 있었다.

좋아하는
사람이

생겼다

좋아하는 사람이 생겼다. 좋아하는 사람이 생겼으나 나는 좋아한다고
말하지 못한다. 조만간 다시 보자는 말은 했지만 같이 여행을 가자고
말하기엔 이르다. 창문을 좋아한다고 말해서 나도 그게 좋다고 말했
다. 저녁을 좋아한다고 말하니 그녀도 저녁이 좋다고 말했다.
슬픔을 아는 사람 같았다. 슬픔을 아는 사람에게선 마치 비 온 뒤에
한 차례씩 부는 바람에 실려 있을 법한 비릿한 냄새가 닥쳐와서 이런
저런 감정을 섞어놓게 한다. 만나고 헤어지고 난 뒤에도 한동안 길을
서성이게 한다.

길을 가다가 알았다. 아무것도 아닌 길에서 그 사람을 좋아한다고 생각했다. 검고 낮은 돌들이 화단과 보도를 나누고 있었고 그 검은 돌 위에 벚꽃이 내려와 단단히 붙어 있는 밤이었다.

무엇을 좋아해야 할까. 사람을 좋아해야 할까. 지금 어느 한 사람을 좋아하게 된 이 감정 자체를 좋아해야 할까. 대답을 찾으려 했지만 그보다는 밤이 더욱 짙어지기만을 바랐다. 감정을 다 소진시킬 것인지 아니면 감정을 조금 남겨야 할 것인지를 생각하다 그것이 당장 해치울 수 없는 산더미 같은 일이라는 사실을 깨달았다. 조금 힘에 겨울 때까지 걸었다.

내가 그 사람을 생각할 때마다 그 사람으로부터 문자가 왔다. 그것으로 그 사람이 나를 떠올릴 때마다 내가 문자를 보낸다는 것도 알았다. 쌓이고 또 쌓이는 문자를 보면서 그도 나처럼 아직 시간이 많다고 생각할까, 이 쌓이고 쌓이는 것이 숫자가 아닌 감정일 것 텐데 나는 어쩌자고 쌓이는 것이 숫자를 넘어선 그 무엇의 육중한 무게라고 나에게 당부하려는 것일까, 를 슬프게 생각했다.

정신적인 건강도가 비슷한 사람끼리 서로 강한 호감을 느끼게 된다는 말이 있다. (이 말은 지금의 감정과 그 감정에 따라붙는 불안에 대해 잘 설명해준다.) 내 정신적인 건강도가 만약 B라면 그 사람 또한 그럴 가능성이 높다는 얘기다. 닮은 점이 있다는 것은 좋아하기에는 충분하지만 그렇다면 사랑하는 것이 바로 그 'B'인지도 모른다. 사랑은 완벽하지 않으며 그 자체로 불온에 가깝다는 말을 하려는 것인데 쓸쓸히 여기까지 왔다.

사랑은 0이다. 사랑은 감정으로 숫자를 늘리는 일이지만 결국엔 0이 된다. 0하고는 상관없는 듯 우리는 100처럼 사랑하지만 결국엔 시간에 의해 바람에 의해 요지부동의 0에 도착하고 만다. 아무 감정이 없는, 아주 무심한 진공의 상태.

지금 그 사람을 사랑하면서도 먼 훗날의 0에 대해 생각한다. 아픈 0에 대해 생각한다. 아무것도 아닌 것들로 허무에 이르고 마는 그 0에 대고 얼굴을 부빈다.

"누구 좋아하는 사람 있어요?"라고 묻는 당신의 말에 나는 그만 배시시 웃는다. "그 사람이 당신인데요"라고 말하는 사람이 아니다, 나는. 대신 그녀가 출장을 끝내고 돌아오기를 기다렸다가 서너 번 만날 수 있는 것을 한 번 만나고 만다. 어깨를 오래 바라보든가, 시간을 길게 끌다가 그녀 옆에 나란히 서보는 것. 그러다 그 사람에게 정면으로가 아닌 그냥 벽이나 허공 따위에 대고 말한다. "좋아하는 사람이 있으면 얼마나 좋을까요?" 사실 그 말은 "좋아하는 사람이 있어서 얼마나 좋은데요"라는 말의 다른 말이겠지만. 그럼에도 그러는 것은, 사랑은 떠올리지 말아야 할 불안의 모든 것을 담고 있어서다. 좋아하는데 손잡을 수 없고 가까이할 수 없는 난감함의 이유는 명치까지 불안이 차올라 있어서다. 그것이 아니고는 이토록 사랑한다는 말을 참을 수 있는 힘이 나에게는 없다.

사랑은 0의 그림자다. 사랑 자체로는 그림자를 만들 수 없는데다가 사랑이 0의 뿌리에 단단히 붙어 있으니 그렇다. 우리가 사랑을 하면서도 끝없이 외로운 것은 0의 그림자를 껴안고 있어서다. 무인도에 같이 가

자 해놓고 무인도에 그 사람을 남겨두고 오고 싶은 마음이 드는 것도
사랑을 하면서 0의 그림자를 데리고 다니기 때문이다.

그리하여 나는 사랑을 조금만 멀리 두려 한다. 너무 멀리는 두지 말고
가까이 있고 싶을 때, 냄새 맡고 싶을 때 달려가려 한다. 느슨한 감정
에 숨겨놓은 긴장이 가져다주는 멀미를 당분간 즐기려 한다.
좋아하는 사람이 생겼다. 하지만 나는 좋아하는 사람 앞에서 좋아한
다 말하지 못한다. 말하지 못할 뿐만 아니라 사랑은 0이라느니 사랑은
0의 그림자라느니 또 무엇이라느니 이렇게 멀미를 참지 못하고 허튼소
리만 하고 있다.

사랑하는
사람은

무엇으로도

침묵하지
않는다

●

다른 사람에게 내 사랑을 알리게 되는 이유는 내 사랑의 안전을 위해
서이기도 하다. 내 사랑이 비밀이 아닌 이상, 사랑을 더 지키려 할 것
이며 본능의 힘으로 더 지속하려 하기 때문이다. 한 사람에게라도 내
사랑을 말하고 싶은 것은 세상 한쪽에 자신의 감정을 신고함으로써
이제 사랑의 어떠한 일 앞에서도 흔들리지 않겠다고 다잡는 것이다.

●

사랑을 통해 성장하는 사람, 사랑을 통해 인간적인 완성을 이루는 사
람은 다른 사람과 명백히 다를 수밖에 없다. 사랑은 사람의 색깔을
더욱 선명하고 강렬하게 만들어 사람의 결을 더욱 사람답게 한다. 사
랑을 통해 우린 비로소 사람이 된다. 사랑은 인간을 퇴보시킨 적이
없다. 사랑은 인간을 사랑하지 않은 적이 없다.

●

우리가 어떤 사랑에 닿을 수 없다 하더라도, 설령 그 사랑을 이룰 수
없다 하더라도 마음이라는 우주 안에 영원히 떠돌며 자라는 것이 사
랑이다. 손바닥만한 사람 마음은 누군가를 사랑할 때 우주로 팽창한
다. 듣지 못했던 소리를 들으며 울지 않았던 눈물을 흘린다.

●

우리는 사랑에게 엄청난 많은 것을 배웠으므로 그만큼의 빚을 지고
사는 게 된다. 그것도 갚을 수 없는 아주아주 어마어마한 빚을.

그랬나요   몰랐어요

나는 먼 곳이며 낯선 곳에서 술 마시는 것을 좋아합니다. 하지만 혼자
술 마시는 일은 거의 없어서 먼길 갈 일이 생기고 그 길에 마침 동행
이 생기면 그것으로도 참 좋습니다.

후배와 동해에 갔습니다. 후배는 좋아하는 한 친구가 삼척 정라진항
에서 경매 일을 하는데 저녁엔 친구를 만나 술 한잔을 하고 다음날 새
벽엔 경매하는 친구를 구경하자고 했습니다.

지난겨울 엄청난 폭설이 내렸을 때 열차를 타고 일부러 삼척엘 갔던
기억이 되살아났습니다. 그때는 배까지도 눈이 덮여 온통 흰색뿐이었

는데 지금은 울긋불긋 꽃대궐입니다.

후배의 친구가 약속 장소를 알려왔고 우리는 그곳으로 갔습니다. 뉘엿뉘엿 해가 지고 있었습니다. 그곳이 어떤 곳인지를 전혀 예측하지 못했던 무방비 상태의 우리는 놀랍니다. 그곳이 영화 촬영을 위해 지어놓은 세트장 같아서입니다. 가게 안쪽의 좁다란 공간과 방에는 테이블이 여섯 개 정도 보이고 작은 마당엔 천막 아래 테이블이 두엇 있습니다. 후배와 나는 그 공간이 주는 분위기가 특별해 그만 눈이 휘둥그레집니다. 후배가 '바다가 보이면 좋았을 텐데' 하길래 제가 한마디합니다.

"바다는 보이지 않지만, 바다는 머릿속에다 컴퓨터그래픽으로 처리해놓고!"

건배를 합니다. 배우로 살고 싶지는 않지만 잠시 배우가 되기로 합니다. 대사는 그날의 분위기에 어울리는 것으로 알아서 하기로 합니다. 하늘은 푸름이 짙어지다 곧 어두워질 것이고 코밑으로는 바닷가 짠내음이 지나갑니다. 마음이 부르도록 마시기로 합니다. 어쩌면 우리가 자리에 집중하는 사이, 나 같은 여행자가 길을 지나다가 우리들 모습을 사진 찍을지도 모르겠다 싶은 정겨운 자리에서 처음 만난 후배의 친구와도 가까워지기로 합니다.

다음날 새벽 다섯시, 후배와 나는 경매사의 일터로 갑니다. 이른 새벽 경매가 이뤄지는 모습은 이미 어디선가 큰 카메라가 돌고 있는 듯 원색적이면서 생동감 넘치고 짜릿하면서도 극적입니다. 배들이 들어오자마자 수백 마리의 물고기들이 어판장에 부려집니다. 지난밤 경매사로부터 배운 방어와 히라스의 차이점을 복습하기도 합니다. 나도 누군가의 그물에 걸려 잡혀온다면 목숨에 대한 애착으로 저렇게 펄펄 살아서 요동칠 수 있을까요. 그만 못할 거라 생각합니다. 무엇보다 동물적으로 살아야 잘 사는 것이겠는데 머리로 살고 있다 싶어서입니다.

경매사의 사무실로 가서 커피를 마시기로 합니다. 경매사 혼자 쓰는 사무실은 책상 하나가 정갈하고 네 명의 사람이 앉을 만한 소파는 푸근해 보입니다. 지난겨울 폭설 내린 이야기가 이어집니다. 그러다 누가 지지난 겨울의 추위에 대해 이야기를 시작하더니 지지난 겨울이 그토록 추워서 안 사려던 두꺼운 오리털 점퍼를 사기까지 했다고 합니다.

이상합니다. 정말 이상한 것은, 지지난 겨울은 분명 내 기억에 하나도 춥지 않았다는 것입니다.

"아니에요, 형. 어찌나 추운지 어떻게 그렇게 추울까 싶을 정도의 겨울이었어요. 잘 기억해보세요."

후배가 그러고 후배의 친구도 거들고 나섭니다.

"새벽에 일하러 나오는 게 그렇게 힘든 겨울은 처음이었는데요."

차근차근 기억을 더듬어봤지만 영 기억에 없습니다.

아, 나는 그 무렵 한 사람을 사랑하고 있었습니다. 어쩌면 그 추위만큼 혹독한 사랑을 하느라 날이 추운지 그때가 겨울이었는지조차 모를 수도 있었겠다 고개를 끄덕입니다. 사실 한파의 기준은 전날보다 10도 떨어질 때를 말합니다. 전날도 그날도 그즈음의 많은 날들은 드센 날씨마저 거부하고 있었던 겁니다. 사람은 이토록 한쪽만을 보고 사느라 주변을 감당하지 못하도록 생겨먹었습니다.

내 앞에 앉은 두 사람은 연신 지지난 겨울 추위에 대해 이야기를 하느라 몰입하고 있고 나는 내가 사랑했던 사람을 생각하느라 한여름에 한기를 느끼고 있습니다.

그랬던 것도 같습니다. 그 사람한테서 춥다고 옷 두텁게 입고 다니라고 했던 말도 들었던 것 같고, 따뜻한 곳에 있다가 바깥에 나갈 때면 목도리를 두르라며 제일 먼저 챙겨주었던 것도 같습니다.

나에게 그 겨울은, 모닥불을 피우고 앉아서 얼음 유리창으로 세상 밖을 내다봤던 이글루 안이었던 겁니다. 내 옆에 당신이 있었던 겁니다.

지금
어느 계절을

살고
있습니까

우리 땅의 자랑은 무엇보다도 선명한 사계절을 가졌다는 것이다. 사계
절의 경계가 많이 모호해졌다고는 하나 자랑할 것이 그것뿐이라는 생
각이 드는 것은 실제로 그것뿐일지도 몰라서다.
사계절을 가진 나라는 많을 것이고 저마다 그 계절에 속해 살 것이지
만 나에겐 우리나라의 사계가 특별해도 참 많이 특별하다는 고집이
있다. 우선 우리나라엔 산이 많으며 바다는 말할 것도 없다. 산과 바다
가 주는 풍요로움은 세상 어떤 변화무쌍함도 무색하게 한다는 것을
나는 믿는다. 그 선명한 계절에 맞춰 살아온 터라 우리들은 변덕스럽

고, 내면에 겹이 많으며, 어느 한편으로 사람 맛이 진하다.

나 또한 이토록 번화한 계절 속에 살다보니 계절마다 찾는 것이 적게는 하나씩 있게 마련이고 그것을 음미하는 당장의 행복이 금세 바닥날까봐 즐거이 다음 계절을 기다리며 사는 사람이 되곤 한다. 계절에 밀리며 살거나 계절에 쫓기듯 사는 사람은 아니고 싶어서가 맞다.

봄에 내 마음을 사로잡는 주인공은 당연 모란이다. 모란의 향이며 품이며 자태는 나를 벌이 되게 한다. 사람 없는 밤이나 이른 아침에 모란이 지천으로 피는 공원을 찾아 어슬렁 산책을 다니니 이 정도면 영락없이 벌이나 다름없다. 통통하면서 화려하지 않음이, 그 묵묵함이 착하고 고운 사람의 무르팍 같기만 하다. 사람 역시도 모란처럼 넉넉한 사람이 제일이다. 무엇을 기다렸던가. 봄인데, 봄이라는데 무얼 망설이는가. 미친 듯 홀린 듯 번져야 하지 않겠는가. 봄에는.

여름은 여름 특유의 여름 맛으로 끌고 가는 힘이 있다. 나는 그 맛을 베어먹는 재미로 여름을 난다. 무성히 익어가는 게 있고 열렬히 짙어가는 것이 있다. 뙤약볕은 모두를 그을려놓으며 푸짐한 그늘은 잠시 떨어진 당신과 나를 붙어 지내게 한다. 시장에 차려놓은 과일의 향기는 멀리 간다는 사람을 불러다 앉혀놓고 못다 한 이야기를 끝맺게 할 것만 같다. 우리는 계절이 단단해지는 사이, 바람이 통하는 창가에 앉아 여름이 내는 휘파람 소리를 들으며 흠뻑 취한다. 누구나 늦여름이 되면 알지 않는가. 우리는 지쳐 있지만 클라이맥스를 향해 가고 있다는 것을.

한때 내 가을의 일은 단감을 탐하는 것이었다. 감을 좋아하는 편이 아니었는데 어느 날 여행길에 사온 단감을 식사 대용으로 먹던 중에 단

감에서 나는 떫은 기운이 좋은 사람한테서 나는 진(津) 같다고 느낀 적이 있었다. 소설 쓰는 선배에게 농담 삼아 단감 같은 사람 만나서 연애하고 싶다고 문자를 보냈다가, 아마 그런 사람은 없을 테니 불가능할 거라는 소릴 듣고 말았다. 그토록 불가능한 맛을 품은 단감은 먹어도 먹어도 한참을 먹게 만드는 귀신이어서 나의 가을은 그렇게 익어가곤 하였더랬다. 그러다 알았다. 그 불가능한 맛의 정체는 겸손이라는 것을. 겸손한 사람은 빛이 날 수밖에.

겨울을 기다리는 이유는 뭐니뭐니해도 눈 때문이다. 나는 사람의 인연이 눈으로 왔다가 눈으로 간다고 믿는 (민망할 정도로 낭만적인 사람이어서 결국은 사람 자체도 눈으로 빚어진 거라 믿는) 비과학적인 사람이다. 이런저런 일들을 겪은 후에 사람을 믿지 않겠다고 다짐하면서도 동시에 철석같이 사람을 믿어(버려)서 스스로 눈처럼 녹(아 망해버리)는 형국을 자처한다. 여러 번이 아니라 실은 거의 매번 그렇다.

눈 이야기를 하다보니 가지를 치는 일화 하나가 있다. 대뜸 어린아이가 '그리움'이 뭐냐고 나에게 물은 적 있었다. 그때 나는 '그리움은 눈 같은 것'이라고 대답한 적이 있다. 이해되었다는 듯 확신에 찬 얼굴로 "그럼, 그리움은 하늘에서 내려오는 거예요?"라고 돌아온 아이의 질문에 고개를 여러 번 끄덕였으니 나는 쓸데없는 고집이 있는 사람임에 틀림없다(하긴 하늘에서 내려오지 않았다면 사람이 어찌 이리도 아름다울 수 있을 것인가).

세상은 보기 나름이고 그 나름이 사람을 형성한다. 실없는 소리라 여길지도 모르겠지만 지금 빠져 지내는 것 한 가지가 지금의 당신을 설명하지 않겠는가 말이다.

일 년에 네 번 바뀌는 계절뿐만이 아니라 사람에게도 저마다 계절이 도착하고 계절이 떠나기도 한다. 나에게는 가을이 왔는데 당신은 봄을 벗어나는 중일 수도 있다. 나는 이제 사랑이 시작됐는데 당신은 이미 사랑을 끝내버린 것처럼.

그러니 '당신은 지금 어떤 계절이냐'고 누군가 묻는다면 나는 지금 어떤 계절을 어떻게 살고 있다고 술술 답하는 상태에 있으면 좋겠다. 적어도 계절은 지금 우리가 어디에 와 있는지를, 어디를 살고 있는지를 조금 많이 알게 해주니까.

큰 파도를

기다린다

그때 섬에 간 것은 힘겨운 일 한 가지 때문이었다. 그 힘겨웠던 일을 일일이 열거하고 싶지는 않다. 조금만 밝히자면 당시 많이 믿는 한 사람이 있었고 그 믿는 사람으로부터 거짓말과 오물을 된통 뒤집어쓴 일이 있었다. 용서하자니 내가 뭐라고 감히 한 사람을 용서할까도 싶었고, 그냥 불쌍한 사람으로 여기자니 또 내가 누구라고 감히 누구를 그리 생각하나 싶어 마음에 욕창만 키웠던 그 봄이었다.

섬에서의 며칠은, 악몽을 꾸는 날이 많았고 걷다가도 가슴이 미어져 나에게 무슨 일이 일어나긴 했구나 싶은 날들의 연속이었다.

자전거 한 대를 빌렸다. 자전거를 타고 지칠 때까지 달려보자 싶어서였다.

뜨거운 햇볕이 내리쬐고 산과 들을 뒤덮은 초록이 보일 뿐 그 어떤 소리도 들리지 않고 바람조차 없는 길 위에 움직이는 것이라곤 나와 자전거 한 대뿐이었다. 얼마쯤을 갔을까. 도저히 내 실력으로는 오를 수 없는 가파른 길을 만나고 땀으로 뒤범벅이 된 채로 그 가파른 길을 지나 내리막길에 다다랐을 때였다. 금방이라도 흐르는 땀을 식혀 줄 듯 아주 청량한 바람이 불어오고 있었다. 나는 끌고 걷던 자전거에 올라 그 바람을 제대로 맞아보겠다는 듯 내리막길에서 조금 속도를 냈다.

얼마간의 속도로 숲길을 내달리고 있을 때 얼굴과 팔뚝에 한꺼번에 달라붙는 것이 있었다. 나무에 매달려 있던 송충이들이 도대체 뭘 하려고 했던 건지 자신의 몸에서 실을 뽑은 다음 그것을 타고 나무 아래 공중으로 내려오고 있었다. 나는 그것도 모르고 그곳을 관통하는 바람에 송충이 여러 마리를 온몸에 덕지덕지 매달고 달려야 했다. 문제는 눈 밑에 앉은 송충이를 어쩌지 못하고 본능적으로 급브레이크를 밟은 거였다.

나는 공중으로 붕 떠서 날아올랐다. 자전거 바구니에 넣어두었던 카메라는 공중으로 더 높이 치솟았다. 잠시의 비행을 마친 나는 바닥에 보기 좋게 떨어져 널브러졌다. 일단은 팔뚝이 움직여지지 않았다. 무릎이 심하게 까지고 팔꿈치를 갈아버렸다. 거친 땅바닥에 차마 눈으로 볼 수 없을 정도로 갈아버린 팔꿈치를 보면서 나는 왜 군이 그 질문을 나에게 던져야 했을까. 나에게 나는 이렇게 묻고 있었다.

'과연 그 사람이 너한테 한 행동이 더 아픈가. 지금 너덜너덜해진 네 팔뚝이 더 아픈가?'

나는 그 사람이 나에게 저지른 그것이 더 아프다고 대답했다.

어느 정도 상태가 진정되자 어제부터 꼬박 하루 동안 아무것도 먹지 않았다는 사실 때문에 허기가 몰려왔다. 마을로 내려갔지만 식당이 없었다. 구급약도 얻고 뭔가 먹기도 해야겠어서 근처에 마땅한 데가 있을지 물으려고 어느 집으로 들어갔다. 거짓말처럼 그 집에는 주말에만 내려와서 지낸다는 부부가 살았는데, 아내는 보건교사였고 마침 때늦은 식사를 하려고 음식을 준비하던 참이라고 했다.

집주인은 잠시 쉬었다 가겠느냐면서 어느 방의 문을 열어주었다. 얼핏 본 방에는 바다로 난 창문이 하나 있었다. 혼자 안으로 들어갔다. 벽에 기대어 앉아 파란 바다를 한없이 바라보았다. 이상하게 눈물이 흘렀다. 많이 쓰라려서도 아니고 서러웠던 것도 아니고 그래도 얼마간 잘 살아봐야겠다는 생각을 하는데 눈물이 툭 하고 떨어진 것이다.

여름이면 사람들은 팔꿈치 상처를 보고 놀라며 왜 그랬냐고 묻지만 내 좋은 마음으로만 어느 한 시절을 지고 갈 수 없다는 것을 알려준 증표쯤으로 여기고 산다. 안 좋은 일이 생기면 생길수록 살고자 하는 길의 방향이 더 선명해지고, 살아가야 할 이유 또한 명백해지니 나는 그저 그것이 고맙다.

습격을 받아 전부를 잃어버려 덮어도 덮어지지 않는 마음이 있기는 해도 이제는 괜찮다. 더 큰 파도를 기다린다. 더 큰 파도가 나를 덮쳐도 기꺼이 맞이하겠다. 세상 끝까지 휩쓸려가서 찬란히 쓰러져주겠다.

오늘의
느낌은

안녕합니다

라면을 끓일 줄 아는 게 유일한 요리라고 말하는 사람은 매력 없다.
그저 씹어 삼키는 일은 쓸쓸하다. 나의 청춘도 그런대로 쓸쓸했다. 여
행마다 혼자였으니 더 그랬다.
더이상 라면에 신세를 질 수 없다는 생각이 들 무렵, 이제는 내 쓸쓸
함도 요리가 필요하다고 느낄 즈음이었다. 만성적인 허기를 어찌해보
고 싶어서 여행을 마치고 나면 친구들을 불러 제대로 된 요리를 해봐
야겠다고 맘을 먹었다. 정신적인 것이기도 했던 허기는 사람들을 불러
따뜻한 식사를 함께하는 것으로 어느 정도는 가려졌다.

제대로 한번 요리를 배우고 싶다는 생각이 드는 것도, 그러다 언젠가 떡하니 식당을 내고 싶은 것도 다른 욕망 때문이 아니라 나는 유난히 누군가에게 뭔가를 먹이고 싶어하는 욕구가 강해서다. 그런 욕구가 있으니 어떤 사람보다도 잘 먹는 사람이 좋다. 음식을 맛있게 잘 먹는 사람하고 식사하는 일이 즐거운 것은 가득 채워지는 느낌의 양만큼 소통하고 싶어서이기도 하려니와 그 자리에 퍼지는 알 수 없는 묘한 기류에 나를 섞고 싶어서인지도 모르겠다. 왜 그런 자리 있지 않은가. 안부와 행복과 안녕이 넘쳐나는 것만으로 조화로운 그런 자리.

음식 만들기를 잘하는 사람은 왠지는 몰라도 그만큼 자기를 아끼고 자신에게 잘해주는 사람 같다. 스스로를 의젓하게 떠받치고 사는 사람으로도 보이고, 세상을 헤쳐나가는 데 있어 충분한 기본기를 다진 것처럼도 보여서 남들하고 다른 생활적 시야를 확보하고 살 것 같다. 호박을 썰고 감자 껍질을 벗기는 사람 마음에는 좋은 빛이 비친다. 프라이팬에 기름을 두르고 불 조절을 하는 사람 눈가에는 기분좋은 느낌이 붙는다. 그러니 사람의 온기를 나누는 일도 제대로 할 것만 같다.

누군가를 위해 따뜻한 마음 하나쯤 차려낼 수 있는 사람, 그 사람이 멀리 간다. 그 그윽함이 오래간다. 내가 뭐 해줄게, 하면서 냉장고 문을 열고, 도마를 꺼내 부엌 조리대 위에 쿵, 하고 올려놓는 사람. 그 이후의 시간을 관객이 되어 즐기는 나 같은 사람. 나의 옆집에도 또 그 옆집에도 그런 친구들이 많이 어울려 살았으면 싶은 것은 그것이 내가 믿어보려는 '안녕의 방식'이기 때문이다.

한 사람을
사랑하게 되면서

운명은
바람을 탄다

남자는 그릇을 모은다. 아버지가 그랬고, 아버지가 그랬던 것은 그의
할머니로부터 시작되었듯이. 수많은 그릇들은 주인들을 올려다보았
다. 집에 데려다놓은 그릇들이 할 수 있는 일은 그것이었다. 그 그릇들
의 맹렬한 주문에 따라 요리사가 된 아들 이야기를 해야겠다. 한 사랑
을 통해 그가 요리사가 된 이야기를.

남자가 한 여자를 알았다. 혼자 사는 여자였다. 여자는 남자 앞에서
음식을 잘 먹지 않았다. 꽤 잘 먹는 편인 남자는, 누군가와 앉아서 먹

는 일 자체에 꽤 많은 의미를 두었던 남자는 자신 앞에서 잘 먹지 않는 여자가 자신을 좋아하지 않는다고 여겼다. 그럼에도 차마 여자가 남자를 불편하게 여긴다고 생각하지는 않았다. 남은 음식을 여자는 포장해 갔다. 남자도 여자가 호젓하게 식사를 할 수 있다면 그렇게 하는 것이 좋을 거라고 믿었다.

문제가 심각했던 것은 베트남 음식점에서였다. 요리는 물론 그녀 자신이 시킨 해물 쌀국수에도 손을 안 대더니 식당 종업원에게 음식을 싸달라고 부탁했다. 종업원의 눈동자가 위로 두어 번 회전했다. 마치 남긴 아이스크림을 포장해달라는 말이군요, 라는 표정을 지었다.

남자가 여자를 집까지 바래다주는 동안, 남자는 줄곧 자신이 대신 들어주고 있는 포장 용기 안에 든 쌀국수를 떠올렸다. 쌀국수가 힘들어하고 있을 것 같아서였다.

서로 먹는 일이 맞지 않으면 두 사람 사이는 어려워진다. 당분간의 어려움이 아니라 오래가는 어려움이다. '사랑하는데 나와 맞지 않는 사람'이라면 '너무 좋은데, 정말 싫은 사람'이라는 말과 다르지 않은 것이 된다.

여자가 남자 앞에서 음식을 먹으면 자꾸 체한다는 사실이 남자에게는 형벌이었다. 포장 음식을 사서 그녀의 집 앞에 두고 오기를 몇 번. 그렇다고 행복하지 않았다. 여전히 그녀는 엎드려서 잔 것인지 얼굴 한가운데 눌린 자국이 그대로였다.

"왜 그렇게 조각잠을 자요?"

"그렇게라도 잘 수 있다면 다행이죠. 왜요?"

세계의 거친 조각들이 그녀 얼굴에 달라붙어 있었다. 그대로 두고볼 수는 없었다. 그녀가 먹는 모습을 보는 것이 남자에게는 당장의 숙제였다. 집에 대대로 모셔둔 그릇들을 보면서 생각했다. 더이상 남자의 집에는 그 그릇들에 향기가 넘치는 음식을 올리는 일을 하는 사람이 없다는 것을.

남자는 동물적으로 생각했다. 여자가 자신 앞에서 안간힘을 다해 먹을 수 있는 음식을 만들겠다고.

결과부터 말하자면 결과는 좋지 않았다. 여자는 식사에 초대되는 것 자체를 어려워했다. 하필 장소가 남자의 집이라는 이유 때문에 더 그랬을 거였다. 마음으로라도 먹어주기를 바랐지만 여자는 마음 쓰는 일을 하지 않았다.

여자를 집까지 바래다주고 난 뒤, 음식을 처치하기 위해서라도 누군가가 필요했다. 가장 가까운 친구를 집으로 데려온 다음, 음식들을 데웠다. 뭐든 잘 먹는 친구였지만 그날은 정말로 잘 먹었다. 음식을 거의 다 해치웠다. 그가 약속이 있다면서 일어나더니 입가를 닦은 냅킨으로 구두를 닦으며 이렇게 말했다.

"이 정도 정성에도 꿈쩍하지 않는 건 그녀가 널 사랑하지 않기 때문. 그녀가 널 만나고 있는 이유는 없어. 그녀가 먹는 그냥 그런 음식을 그냥 단순히 섭취하는 거랑 같은 맥락이지. 그녀에게 어울리는 사람은 너 같은 사람이 아니라 그녀 같은…… 예를 들면 처지도 생활도 강퍅하고 음식도 그런 음식만 먹는 사람한테 끌리는 거야. 넌 좀 뭐랄까.

완벽하지 않냐?"

남자의 기준으로, 지금까지 살아온 시간 동안 포장 용기에 든 음식만
먹고 살아온 여자에게 용기 안에 든 그것은 그저 '먹이'에 불과했던
것이고, 남자조차도 그녀에겐 그저 먹이일 뿐이었다. 남자는 그 여자
를 사랑하는 자기 자신이 맘에 들지 않게 되었다. 편지에 몇 줄의 문
장만을 남기고 몇 년 동안 종적을 감추었다. 남자의 사랑은 그녀였지
만 동시에 남자의 적(敵)은 쉽게 만들어 파는 길거리의 음식이기도 했
고 그 음식이 담긴 용기이기도 했다.

남자가 국경을 넘었다는 소문은 사실이었다. 그가 정식으로 요리사가
되겠다며 비행기를 탔을 때, 창문 바깥 바로 옆자리에 둥글고 환한 달
이 타고 있었다는 것마저도 사실이었다.

아무 날도
아닌

어떤 날에

어느 초겨울, 한 어르신이 전철역 환승의 갈림길 앞에서 길을 묻고 있
었다. 지나가던 한 젊은이가 그 어르신에게 길을 알려드렸다. 어르신은
종이상자에 감을 잔뜩 담아 어딘가로 향하고 있었는데 얼기설기 노
끈에 묶인 상자는 덮개가 변변치 않아 붉은 감들의 모습이 고스란히
드러났다. 마침 같은 전철에 올랐고 나는 어르신의 행동을 그리 멀지
않은 거리에서 지켜보다가 이렇게 중얼거리는 걸 들었다.
"아, 아까 나한테 길을 알려준 젊은이한테 감을 몇 개 줄걸 그랬어. 왜
그 생각을 못했지?"

어르신은 그러고만 마는 게 아니라 생각난 듯이 상자에 든 감을 옆에 앉은 사람들에게 하나씩 건네주고 있었다.

얼떨결에 받는 사람도 있었지만 한사코 받지 않겠다는 사람도 있었다. 그러자 어르신은 사람들을 향해 감을 들고 전철을 탄 배경을 설명하기 시작했다.

어르신이 어딘가를 지나는 길에 어느 집 담벼락 밑에서 감이 하도 탐스럽고 아름답게 매달려 있길래 감나무를 가만히 올려다보고 있었다고 했다. 아마 나라도 멋진 감나무 밑에서는 그랬으리라. 감나무 아래 서 있는 어르신의 그런 모습을 우연히 보게 된 집주인은 "딸 수 있을 만큼 따서 가져가시라"고 했단다. 그렇게 딴 감이 얼추 한 상자였다는 것이다. 어르신의 이야기를 듣고는 그때부터 감을 가져가려는 사람들의 손길이 분주해졌다.

"감이 엄청 많아서 그래요. 난 감 따면서 벌써 서너 개나 먹었는걸."

나도 감 한 개쯤 얻어다가 책상 앞에 올려두고 오래 바라만 보고 싶었지만 내 차례가 되기 전에 감 상자는 이미 텅 비어 있었다. 나도 마당 있는 집에 살면서 감나무 한 그루쯤 기르고 싶어하지 않았느냐며 전철 유리창에 비친 나를 빤히 쳐다봤던 저녁이었다.

초겨울이 지나 겨울을 맞았다. 스승의 산소에 다녀오는 길에 글을 쓰고 싶은 허영이 일어 강이 보이는 카페로 향했다. 손님은 아무도 없었다. 카페에 들어서자 카페 중앙에 피워놓은 난롯가에서 노트북을 앞에 놓고 뭔가를 하고 있던 주인 사내가 벌떡 일어나 자기 자리를 양보했다. 그 옆자리 아무데나 앉겠다고 했더니 한사코 자기가 앉았던 자

리가 제일 따뜻하다며 자리를 권했다. 탁자 위에 어질러놓은 서류들을 챙겨 급히 자리를 옮기는 것을 보고 미안한 마음으로 앉았다.

주문한 커피를 가져다놓으며 주인이 내게 물었다. 저녁은 먹었느냐고. 사실 나는 그날 저녁을 먹지 않기로 마음을 먹은 후였다. 매일 먹는 저녁 한 번쯤 거르고 대신 그 시간에 어딘가에 앉아 글을 쓰고 싶은 저녁을 맞닥뜨린 것이다. 안 먹었다고 했더니 근처에 문 연 식당이 있을 거라고 했다. 늦게라도 챙겨 먹으라는 말을 건넸다. 낯선 곳에서 그 정도의 따뜻한 말은 때로 굉장한 온기로 발열한다. 장작 타는 소리와 나무 타는 냄새 덕분에 더 그랬다.

그로부터 시간이 흘러 다시 그곳에 가게 되었다. 카페를 다시 찾은 이유가 당시 잔돈이 없다며 받지 않은 커피값 오백 원이 걸려서만은 아니었다. 가는 김에 오백 원도 치르고 커피도 한잔 마시고 다시 그때 그 시간처럼 앉아 있다 오면 좋을 것 같아서였다.

충분한 시간을 보내고 카페를 나오면서 오백 원을 더 받으라고 했다.

"저번에 오백 원, 잔돈이 없다고 안 받으셨어요."

"어? 그런 적 없는데요."

"제가 다음에 여기 다시 올 때 드리겠다고 했더니 '아닙니다. 오늘은 그냥 커피 한 잔에 사천 원인 겁니다'라고 했는데요."

"어? 제가요?"

주인은 아무 기억도 없는 모양이었다. 나한테 저녁을 먹었느냐 물어서 안 먹었다 했더니 '꼭 드세요, 시간이 이런데 굶으면 안 되죠'라고 했고, 내가 나갈 때 다시 한번 '저녁 맛있는 걸로 꼭 챙겨 드세요'라고 했었는데 기억에 없다고 했다. 나라는 사람은 저녁 챙겨 먹으라는 한마디 말로도 벅차오르는 사람인데 게다가 따뜻한 난롯가 옆자리를 차지하고 앉은 덕분에 시 몇 줄을 건져올려서 내심 어질어질했었는데. 그 카페의 여운이 얼마 동안 나를 따라다니고 잡아당겨서 다시여기를 찾아온 건지도 모르는데 싹둑 기억에 없다니.

전철에서 감을 나눠준 어르신도, 밥도 못 먹고 다닐 것처럼 후줄근한 행색의 나에게 인사를 챙겨준 카페 주인도 그냥 살면서 할 일을 한 것 뿐이다. 그냥 허구한 아무 날들 가운데 내키는 일을 한 것뿐인데 나 같은 사람아, 이런 일들을 액자에 넣어두지 않고 살면 어때서, 괜히.

당신을

버린다는 것

그때는 내 마음이 아니었지요. 당신에게 먼저 떠나라 한 것, 내가 아니었지요. 당신 앞에다 이별을 놓은 것, 차가웠던 것, 그렇게 치워버렸던 것. 모두 내가 아니었지요. 당신을 만났지요. 축제 같아서 살았고, 당신이 내 빈 괄호를 채워준 것으로 힘이 났고, 그래서 조금이라도 세상에 갚아야겠다고 믿었지요. 당신을 만났었지요. 처음 당신을 만났을 때, 한 달에 300세제곱미터씩 녹고 있는 킬리만자로의 눈에 관한 뉴스를 같이 보면서 몇 년 뒤 그 눈이 다 녹아 없어질 거라면 그때까지 언제까지 우리 시간은 모자랄 거라 걱정했었는데…….

당신과 아무것도 하고 싶은 게 없어졌다는 게 어딘가로 한없이 빨려들어간 뒤에 다시 돌아올 수 없을 것 같아서, 더이상 심장이 뛰지 않는 것만으로 모든 게 끝일 것만 같았지요. 당신 앞에다 내 뒷모습을 놓은 것, 당신에게 받은 새장을 돌려준 것, 그렇게 끊어버리고 숨어버렸던 것. 어떡할까요. 그때는 내가 아니었는데. 바깥에 꽃이 피고 지는 것. 그 미어짐이 이토록 아픈데 어떡할까요.

비양도로
가는
배 안에서

사진을
찍어 보냈다

여자는 모든 것을 남겨두고 배를 탔다. 목포에서 제주로 가는 배였다.
제주에 도착하면 가능한 한 많은 사람들을 만나게 될 거라는 기대만
으로도 가슴이 뛰었다. 게다가 겁없이 제주에서 일 년 동안 살아보기
로 결정한 것이 아무리 생각해도 마음에 들어서 자꾸 웃음이 났다.
처음 일주일 동안 여자는 버스를 타고 제주 곳곳을 다니며 게스트하
우스에서 묵었다. 그곳이 여자의 마음에 든다면 혹은 게스트하우스에
서 여자를 마음에 들어한다면 그곳에 고용되어 일을 할 수 있을 것이
었다.

일자리를 구하는 일은 쉽지 않았다. 그 이유가 제주도에 잠깐이라도 살고 싶어하는 사람들이 넘쳐나고 있어서였지만 오래 걸리지 않아 여자는 마땅한 곳을 잡을 수 있었다. 여자가 알고 제주로 떠났던 것처럼 게스트하우스에서 이런저런 일들을 돕는 동시에 숙식을 제공받는 조건이었다.

게스트하우스에서 일을 하기로 정한 날, 주인에게 들은 말은 무엇보다도 그녀가 그곳에서 일하는 동안 되새기고 또 되새길 만한 말이었다. "매일매일 창문 너머로 마라도 저 뒤편에 있는 태평양을 바라볼 수 있어요. 쉬는 날에는 오름이나 한라산에 다녀올 수도 있구요."

바라볼 수 있다는 말에 다녀올 수 있다는 말까지 들은 여자는 금세 부자가 되었다.

여자가 원했던 것처럼 여자는 당장 많은 사람을 만날 수 있었다. 하지만 모두가 조깅하는 사람처럼 스쳐지나갔다. 여행을 온 사람들이었으니 하루나 이틀 지나 떠나는 것이 자연스러웠다.

섬이어서였을까. 어느 날 여자는 문득 떠나는 사람들 속에 가만히 서 있다가 세상을 혼자 살고 있다는 기분이 들었다. 동시에, 혼자 사는 세상이라면 세상이 이렇게 괜찮지만은 않을 거란 생각도 들었다. 맞다. 섬이어서 더 그랬다.

여자는 자신의 바깥이 궁금했다. 외로웠다는 말일 수도 있다. 여자는 스쳐간 사람들 중에 자신의 전화번호를 적어갔던 몇 사람을 떠올렸다. 웃으면서 헤어졌던 사람들의 환한 얼굴은 기억났지만 누구도 연락해오는 법은 없었다. 여자는 머릿속으로 이런저런 전화번호를 만지작거리다 자신의 예전 전화번호를 가진 사람은 누구일까를 상상했다.

국번을 바꿀 때 여자가 오래 써왔던 뒷자리 2525를 누군가가 사용하고 있어서 하는 수 없이 2526을 사용하기로 한 거였다. 2525의 그 사람은 어떤 목소리를 가졌는지 슬쩍 전화를 걸고 싶어졌다.

전화를 걸었다. 없는 번호여서 연결이 되지 않는다는 맥없는 안내를 들었다. 또하나의 자신이 지워졌거나 사라져버린 것 같아 그날은 얼마간 우울했다.

용기를 내서 또하나의 번호를 떠올렸다. 이번엔 여자의 다음 번호 2527이었다. 2527이 오래 전화를 받지 않는 동안 여자는 통화음을 들었다. 누군지도 모르는 누군가의 목소리만 듣기로 한 거였지만 그래도 그렇지 아무 용건이 없다고 생각하니 전화를 받기 전에 얼른 전화를 끊고 싶었다. 그때 남자의 목소리가 들렸다. 여보세요, 라는 남자의 목소리를 두 번 듣고 여자는 화들짝 전화를 끊었다.

다음날 아침, 여자는 비양도에 가기로 하고 버스를 탔다. 그 버스 안에서 어제의 통화 목록을 살폈다. 4초 동안의 통화 기록을 오래 들여다보다 여자는 2527에게 문자를 보냈다.

먼저 이름을 밝혔다. 어제 일은 미안하다고 했다. 제주도에 있다고 했다. 2526의 이웃이 누구인지 궁금해서 전화를 걸었다가 미안한 마음에 끊을 수밖에 없었다고, 재미있게 살려는 사람이지 이상한 사람은 아니라고 했다.

남자로부터 문자가 도착했다. 제주도에 있는 걸 부러워한다는 문자였다. 의외의 답문자에 다시 답을 하는 것은 어떨지, 그래도 되는 것인지 여자는 오래 궁금했다. 여자는 비양도로 들어가는 배 안에서 바다 사진 한 장을 찍어 보냈다. 사진을 보내면서 아무 말도 보태지 않았다.

좋은 풍경은 사람을 두근거리게도 하지만 용기를 만들어주기도 한다. 너는 나와 다른 지점에서 웃을 것이다. 나는 너와 다른 지점에 반응할 것이다. 너는 나와 다른 입맛을 가졌을 것이다. 나는 너와 다른 취향을 가졌을 것이다. 하지만 너는 내가 가지고 있지 않은 부분을 가진 것이고 나는 네가 필요로 하지 않는 부분을 가진 것뿐.

그렇다면 우리는, 내가 듣는 쪽이 더 많을까. 그가 말하는 쪽이 더 많을까. 우리 사이는 내가 왼쪽에 서는 편이 더 많을까. 내가 오른쪽에 서는 편이 더 많을 것인가.

나를 앞세우는 데 열심일 것인가. 그 사람을 앞세우는 게 중요할 것인가. 내가 먼저 다가갈 것인가. 그가 먼저 손 내밀기를 기다릴 것인가. 나를 사랑해주기를 바랄 것인가. 나 스스로 사랑이 될 것인가.

이렇게 생각을 자꾸 쌓아가는 것으로 오랜만의 외출을 망칠 수는 없었다. 여자는 생각을 털어내려 일부러 배에서 폴짝 뛰어 착지했다.

비양도에 내려서 저 건너 제주의 특별한 모습을 넋 놓고 바라보고 있을 때였다. 문자가 왔다. 2527로부터 온 문자였다.

　　제주도에 가면 연락할게요.

여자는 길에 버려진 쓸 만한 서랍 한 칸을 주워다 비어 있는 마음 한 구석에 슬쩍 끼워넣은 기분이 들었다.

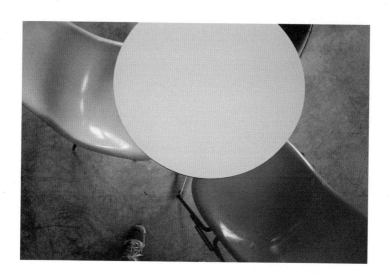

내 옆에 있는 사람

1판 1쇄 발행 2015년 7월 1일
1판 12쇄 발행 2018년 12월 19일
2판 1쇄 발행 2020년 3월 11일
2판 5쇄 발행 2022년 9월 19일

지은이   이병률

편집   이희숙
표지 디자인   최정윤
본문 디자인   최정윤 최윤미
사진 편집   강희갑
모니터링   이희연
마케팅   황승현
제작   강신은 김동욱 임현식
브랜딩   함유지 함근아 김희숙 박민재 박진희 정승민

펴낸곳   달 출판사
출판등록   2009년 5월 26일 제406-2009-000034호
주소   10881 경기도 파주시 회동길 455-3

✉   dal@munhak.com
🐦ⓕ🅾   dalpublishers

전화번호   031-8071-8682(편집)
              031-8071-8671(마케팅)
팩스   031-8071-8672

ISBN   979-11-5816-107-1 03810